Daech,
l'histoire

RÉGIS LE SOMMIER

Daech, l'histoire

**Éditions
de La Martinière**

Ce livre est publié sous la direction de Bertil Scali

ISBN 978-2-7324-7860-9

AVANT-PROPOS

La guerre est chez nous

Paris, mercredi 18 novembre 2015, 7 heures du matin. Un vol d'hélicoptère à basse altitude me tire du sommeil. J'attrape mon portable pour découvrir que l'assaut a été lancé quelques heures plus tôt sur la planque des terroristes du Bataclan. Saint-Denis n'est qu'à 15 kilomètres à vol d'oiseau de mon domicile. Nul doute que c'est dans cette direction que les hélicoptères se dirigent. J'allume la télévision. L'événement est en direct. Une succession de tirs d'armes automatiques. Parfois plusieurs minutes s'écoulent, sans aucun commentaire. Angoissant, captivant. On en oublie presque les enfants qu'il faut emmener à l'école... Dix jours auparavant, j'étais en Syrie pour un reportage pour *Paris Match*. Je reconnais le fracas de la mitraille entendu là-bas. Les calibres sont identiques. Les détonations résonnent, comme un écho. La guerre m'a rattrapé.

Quand la rédaction de *Charlie Hebdo* a été massacrée onze mois plus tôt, j'ai tout de suite pensé que normalement, en France, les journalistes ne meurent pas sous des balles de kalachnikov. Quand un journaliste français disparaît, c'est toujours loin. Sur des théâtres de guerre, mais pas ici. Ce n'était pas normal. Et pourtant…

Moins d'un an plus tard, ce matin du 18 novembre, je regarde sur l'écran de télévision des camions remplis de soldats en tenues camouflage. Ils investissent les rues de Saint-Denis. Même pour *Charlie*, on n'avait pas vu l'armée.

Une détonation plus forte retentit.

Encore des tirs, de longues rafales. L'assaut dure sept heures, cinq mille munitions sont utilisées. Au bout du compte, l'immeuble dans lequel les terroristes se sont retranchés est si endommagé qu'il faudra le détruire. Ce qu'il en reste n'est pas bien différent de ce que j'ai connu en Syrie ou en Irak : façades déchirées, villes ruinées par les combats, spectres vides, trous béants, cris figés dans la pierre.

J'ai voulu comprendre comment on en était arrivé là – et pourquoi on allait désormais devoir apprendre à vivre avec cette peur.

Daech, ce n'est plus seulement l'Irak ou la Syrie. Ça se passe près de chez moi, près de chez nous. Ces policiers, ces soldats dans les rues, devant les écoles, ces sacs qu'on fouille, ces trajets en métro où, collés les uns aux autres…

Alors, j'ai choisi de remonter aux sources pour raconter l'histoire. Sans superlatifs, mais avec logique : l'enchaînement implacable qui, depuis trente ans, a conduit à ce que nous vivons aujourd'hui.

Voici donc le parcours de Daech, ce groupe qui nous apporte la guerre dans Paris.

Voici ce que veut Daech. Ses origines. Et où il va.

Paris, le 15 janvier 2015

1

Les origines

D'un geste des deux mains mises à l'équerre, Oussama Ben Laden mime l'avion qui pénètre la paroi de la tour. Le kérosène devait faire fondre une partie de la structure en acier du World Trade Center, mais jamais Ben Laden n'avait imaginé que les deux édifices s'écrouleraient. « Nous n'en espérions pas tant ! assure le chef d'Al-Qaida avec un rire jubilatoire. Et encore, j'étais le plus optimiste de tous ! » Au mieux, l'impact des avions devait provoquer un incendie, endommager quelques étages. Assis en arc de cercle autour de lui, ses hôtes ricanent eux aussi. Vêtu d'un treillis kaki, Ben Laden explique que lui-même a été mis au courant de la date exacte de l'opération cinq jours avant le 11 septembre. C'est peu probable, mais le chef d'Al-Qaida aime laisser croire qu'il laisse à ses lieutenants une certaine initiative. Ben Laden a voulu se faire installer une antenne parabolique pour pouvoir suivre l'événement en direct depuis son fief de Kandahar. Mais la connexion étant mauvaise, Oussama Ben Laden n'a pas vu le 11-Septembre à la télévision. Il a certainement écouté les commentaires à la radio puisqu'il décrit la joie de ses partisans au moment de la première attaque sur la tour nord. « Je leur ai dit : "Attendez, soyez patients !" » Son exposé se poursuit par un hommage appuyé aux kamikazes. Il fait l'éloge de leur chef, Mohammed Atta. Il explique que la plupart d'entre eux ignoraient leur objectif précis jusqu'à quelques minutes avant leur embarquement. Ils savaient juste qu'il s'agissait d'une mission sans retour. Son sourire est machiavélique. Ayman Al-Zawahiri, l'idéologue d'Al-Qaida, a lui aussi l'air jovial derrière ses grosses lunettes cerclées. Ce médecin égyptien voue sa vie au chef d'Al-Qaida depuis leur rencontre au milieu des années 1980. Il porte une barbe noire, épaisse. Dans les vidéos qui suivront, elle deviendra blanche très vite, signe que la clandestinité le fait vieillir prématurément.

Si on se fie au compteur en bas à droite, la vidéo a été tournée le 9 novembre 2001. À cette date, l'offensive des forces américaines et de l'Alliance du Nord bat son plein. À la suite du 11 septembre, les États-Unis et l'Occident ont déclaré la guerre au terrorisme. Les jours du régime des talibans sont comptés. À voir ces hommes plaisanter, on pourrait croire qu'ils n'ont pas conscience de ce qu'ils viennent de déclencher. Rien ne laisse non plus deviner qu'ils sont à la veille d'une cavale qui va durer dix ans. Trompeuses apparences.

Ils savent exactement ce qui va arriver. Ils ont prévu d'entraîner l'Amérique dans une riposte excessive. De la réaction de leur ennemi dépendent leur avenir et celui de l'Islam, en tout cas celui qu'ils prétendent servir. Au moment où ils bavardent, l'enfer s'abat en effet sur l'Afghanistan, à coups de B-52. George W. Bush vient de déclarer qu'il veut Ben Laden « mort ou vif ». Dans quelques heures, ils seront traqués, poursuivis par tout ce que l'Occident compte de moyens humains et technologiques.

Fin novembre 2001, la déroute est totale pour les talibans. Les Forces spéciales américaines localisent Ben Laden dans un quartier à l'ouest de Kandahar grâce aux coordonnées GPS de son téléphone. Il leur échappe de peu. Ensuite, son itinéraire n'est pas très clair. À Tora Bora, dans les montagnes de l'est de l'Afghanistan, on décèle sa trace pour la dernière fois. À l'époque, on décrit cet ultime refuge des talibans comme un réseau de galeries souterraines sophistiquées que les « spécialistes » de Fox News et de CNN estiment quasi imprenables. En réalité, il ne s'agit que d'un ensemble de grottes rustiques, certes bien conçues, mais on est très loin du bunker d'Hitler…

La même rengaine sur les bunkers sophistiqués sera vendue aux Américains sur les mêmes chaînes de télévision quelques années plus tard, en préambule à l'invasion de l'Irak. Et la tromperie s'avérera identique. Besoin de s'inventer un ennemi plus terrible qu'il ne l'est. La méthode remonte à Jules César et Vercingétorix. Plus tard au cours de la guerre d'Irak, lors d'un reportage à Bagdad avec une unité de parachutistes américains, j'aurai l'occasion d'habiter l'un de ces fameux bunkers secrets conçus par Saddam Hussein. Il s'agissait en réalité d'un banal abri en béton armé assez insalubre.

La présence de Ben Laden à Tora Bora est donc attestée par un message radio capté le 14 décembre 2001 par l'armée américaine. Celle-ci commet, dans les jours qui suivent, l'erreur grossière de confier aux seigneurs de guerre afghans la mission d'investir la place et de l'arrêter. À la suite d'un cafouillage monumental, Ben Laden parvient à s'échapper vers le Pakistan, bénéficiant de probables complicités. Il ne communiquera désormais plus que par des vidéos ou des messages audio, au rythme d'un tous les six mois environ, parfois plus, parfois moins. Pendant presque toute l'année 2002, par exemple, il reste silencieux. Abandonnant tous moyens de communication téléphonique pouvant les faire repérer, Ben Laden et Zawahiri se planquent dans les montagnes d'Afghanistan et les zones tribales qu'ils connaissent bien. C'est là que, en 1989, ils ont aidé les moudjahidine à vaincre les Russes, auxquels ils viennent de voler le titre d'affreux méchants planétaires. Le piège tendu par Ben Laden est simple : forcer l'Amérique à utiliser toute sa puissance de feu pour le combattre. En commettant d'immanquables dommages collatéraux, elle s'aliénera les masses musulmanes qui tomberont dans le giron d'Al-Qaida. Ben Laden apparaîtra, dès lors, comme l'unique salut. Il rêve depuis longtemps d'endosser les habits du défenseur des croyants, comme son idole Saladin, le légendaire chef de guerre musulman de l'époque des croisades.

Rien ne prédestinait Oussama Ben Laden, issu d'une riche famille saoudienne, à devenir un jour l'ennemi public numéro un. Nous sommes en 1975 et le jeune étudiant de 18 ans, alors en première année d'études d'ingénierie civile à l'université du Roi Abdel Aziz de Djedda, n'aspire qu'à une chose : reprendre un jour la tête de l'entreprise familiale. Originaire du Yémen, Mohammed Ben Oud Ben Laden est venu s'installer en Arabie saoudite en 1932. Après avoir vécu la rude condition d'immigrant, il se lie d'amitié avec le roi Abdel Aziz Al Saoud. C'est ainsi qu'il décroche des contrats pour les grands travaux du royaume. On lui doit le réaménagement des lieux saints de La Mecque et de Médine, ainsi que la construction d'infrastructures routières dans tout le pays. Une très belle réussite. Aujourd'hui encore, la multinationale de BTP « Ben Laden Group » emploie trente-cinq mille personnes à travers le monde et pèse plus de 5 milliards d'euros. Elle a récemment fait parler d'elle, lors de l'effondrement d'une grue qui lui appartenait sur le chantier de la Grande Mosquée de La Mecque. Ce drame a provoqué la mort de 109 pèlerins et plus de 400 blessés. C'était le vendredi 11 septembre 2015, un jour décidément symbolique pour la famille Ben Laden.

Mohammed Ben Oud Ben Laden est mort en 1968 dans un accident d'avion près de San Antonio, au Texas. Oussama Ben Laden avait 11 ans. Il hérite alors d'une fortune estimée entre 15 et 60 millions d'euros. Ceux qui l'ont côtoyé dans sa jeunesse n'ont pas noté de dévotion religieuse particulière. Comme ses parents, il appartient à la branche wahhabite, une forme puritaine de l'islam pratiquée par les Saoudiens. Ben Laden a toujours été un croyant, mais pas toujours un fanatique. Il s'est même écarté, au moins dans les actes, des préceptes de sa religion. Avant d'entrer à l'université, il fait un voyage à Beyrouth, fréquente les casinos, s'illustre même dans quelques bagarres de fêtards. À son image, ils sont nombreux les militants d'Al-Qaida ayant eu un contact étroit avec les lieux de débauche de l'« Occident décadent » – avant de lui tourner le dos et de trouver la rédemption dans l'islam. Ben Laden fait également un voyage en Europe. Au cours du séjour, il a même une petite amie espagnole. Cela paraît incroyable aujourd'hui d'imaginer ce Ben Laden-là. Il existe pourtant une photo : il est jeune et ce n'est pas devant un décor montagnard ni avec une arme à ses côtés qu'il pose. Il est adossé à une Corvette décapotable en compagnie d'un de ses frères et de l'amie espagnole en question.

Comme souvent chez les radicaux, c'est une rencontre qui provoque la mutation. Ben Laden découvre les prêches d'Abdallah Azzam, un militant palestinien de l'organisation des Frères musulmans. Ils font connaissance. Abdallah Azzam est un des porte-parole du djihad. En 1979, l'invasion de l'Afghanistan par les troupes russes est devenue le point de ralliement des combattants de la guerre sainte du monde entier. Sur le plan international, l'invasion a suscité la colère de nombreux musulmans. Certains font le voyage pour combattre aux côtés de leurs frères afghans. Le Pakistan, particulièrement la région frontalière de Peshawar, voit déferler une horde de djihadistes qu'on va appeler les « Afghans arabes » ou « *muhajireen* » (combattants étrangers). Marqué dès l'enfance par le conflit dans son pays, Abdallah Azzam encourage les musulmans à construire en Afghanistan un État islamique sur les décombres de la puissance soviétique. Il n'est pas seulement charismatique, il possède déjà un riche allié en la personne d'Oussama Ben Laden. Parmi ses compagnons figure aussi un chirurgien égyptien formé à l'école des Frères musulmans, Ayman Al-Zawahiri. Après un bref passage par Peshawar en 1980 où il travaille pour le compte du Croissant-Rouge, Zawahiri se retrouve en prison dans son pays. Membre du groupe Djihad islamique, il est arrêté en 1981 avec une centaine de personnes dans le cadre de l'enquête sur l'assassinat du président Anouar El-Sadate. Reconnu seulement coupable de trafic d'armes, il est condamné à trois ans de prison. Il ne retourne à Peshawar qu'en 1986. Zawahiri dispose alors d'une certaine aura. C'est pour cela aussi que Ben Laden se rapproche de lui.

Les années 1980 sont l'occasion d'offrir à ces doctrines un terrain d'expérimentation grandeur nature en Afghanistan, où l'on se bat contre la bête noire de l'époque : l'ogre russe, communiste infidèle, pire, sans religion… L'Afghanistan est une terre d'opportunité, mais pour une partie des djihadistes – en particulier Oussama Ben Laden –, il faudra tôt ou tard reprendre pied au Moyen-Orient et ailleurs. L'Islam doit dominer le monde. Depuis l'enfance, Oussama Ben Laden a toujours côtoyé une élite internationale. Cette éducation lui a procuré une vision politique globale. Son amitié avec Ayman Al-Zawahiri a ensuite formé sa doctrine. À la différence d'Abdallah Azzam, le premier mentor de Ben Laden, pour qui les sources du problème se situent dans les régimes occidentaux et Israël, Zawahiri prêche le « takfirisme ». De *takfir* (excommunication), cette doctrine s'inspire du parcours du prophète Mahomet qui, en 622, avait quitté La Mecque pour s'installer à Médine. Il jugeait que sa ville natale était tombée aux mains des infidèles, et la nouvelle religion qu'il prêchait était perçue comme une menace par les autorités. Le takfirisme encourage ainsi les musulmans à quitter le *Dar al-Harb*, le domaine des mécréants, pour gagner le *Dar al-Islam*, la terre où s'applique la charia, la loi islamique. Née en 1971 en Égypte, cette approche ne se contente pas d'appeler à la conversion ou à la mort des *koufar* – les infidèles chrétiens et juifs –, elle autorise également le meurtre d'autres musulmans, en particulier des chiites.

La rivalité entre sunnites et chiites est une très vieille affaire dans l'Islam. Elle remonte à la mort du prophète en 632. Mahomet n'a pas désigné de successeur. Abou Bakr, un de ses plus fidèles compagnons et également son beau-père, est alors désigné comme « calife », c'est-à-dire le « successeur ». Ses partisans ont donné naissance au courant sunnite. Mais une partie des musulmans, minoritaire, estime que l'héritage revient à Ali, cousin du prophète, qu'elle considère comme son fils spirituel. Origine du courant chiite. Abou Bakr règne deux ans. Les califes Omar, puis Othman, qui sont eux aussi des proches du prophète, lui succèdent. C'est alors qu'Ali veut reprendre les commandes. Il entend rassembler tous les musulmans, mais souhaite imposer que seuls les descendants du prophète soient autorisés à devenir califes. C'est l'affrontement. Cette lutte de succession s'achève par la défaite des chiites à la bataille de Kerbala, en 680, au cours de laquelle l'imam Hussein, le fils d'Ali, est tué. Depuis, chaque année, l'anniversaire de sa mort rassemble des millions de pèlerins le jour d'Achoura. Toutes les tentatives de réconciliation entre ces deux branches de l'Islam ont échoué, ce qui ne les a pas empêchées de cohabiter pacifiquement au cours de l'histoire la plupart du temps, bien qu'à intervalles réguliers la vieille fracture réapparaisse. Aujourd'hui, l'Islam sunnite représente un milliard deux cents millions d'individus, contre trois cents millions pour l'Islam chiite. Les chiites ne sont majoritaires que dans quatre pays : le Liban, l'Irak, l'Iran et Bahreïn. Dans la pratique religieuse, bien peu de chose les sépare. Ils ont en commun les cinq piliers de l'islam, dont le pèlerinage à La Mecque et les cinq prières quotidiennes. Les gestes effectués pour la prière ne sont toutefois pas les mêmes et les ablutions se pratiquent de différentes façons. Par ailleurs, le clergé chiite est beaucoup plus hiérarchisé que le clergé sunnite. Les chiites vénèrent les onze imams qui ont succédé au prophète. Pour les sunnites, seuls les quatre califes successeurs ont de l'importance. Ils sont appelés les « califes bien guidés ».

Pour l'instant, chez les moudjahidine, Ben Laden se contente de recruter. Grâce à sa fortune colossale, il forme et arme les combattants. Il met à leur disposition les équipements lourds de l'entreprise familiale pour construire des tunnels, des camps et des caches d'armes en Afghanistan. Il donne beaucoup – car Ben Laden est généreux. Tous ceux qui l'ont fréquenté le reconnaissent. « Il vous donnerait ses vêtements, il vous donnerait son argent », se souvient Abdullah Anas, un complice de la première heure. Très peu attaché aux bien matériels, il pratique dès cette époque une vie ascétique qui le servira quand, après le 11 septembre, il devra vivre caché. En 1984, il quitte l'Arabie saoudite pour s'installer à Peshawar, au Pakistan. À 27 ans, il y forme une organisation, *Maktab Al-Khadamat* (Bureau de service), qui recrute et entraîne des combattants venus d'Égypte et d'Algérie pour la guerre en Afghanistan. Alors qu'Abdallah Azzam, son mentor, pense qu'il faut limiter la cause à chasser les Russes d'Afghanistan, Ben Laden adhère déjà à une vision plus large et anti-occidentale du combat. Ironie de l'histoire, Ben Laden est à cette époque l'allié tactique des Américains.

Michael Scheuer, ex-officier de la CIA en Afghanistan et responsable de la traque de Ben Laden après le 11-Septembre, me confiait dans une interview qu'« au milieu des années 1980, au moment où l'agence armait les moudjahidine afghans, nous avions approché Ben Laden et son groupe ». « La CIA, me disait-il, n'a jamais eu de contact direct avec lui. Les démarches entreprises par l'agence pour le rencontrer ont toutes échoué, car Ben Laden refusait obstinément d'être vu avec des Occidentaux. » En revanche, il n'a aucun problème à utiliser les armes fournies par les Américains via le Pakistan. Pour la CIA, qu'il y ait contact direct ou pas, Ben Laden est dans le bon camp. L'agence n'est obsédée que par une chose : tuer des Russes. Et tant que Ben Laden tue des Russes, tout va bien.

Lorsqu'on évoque Ben Laden devant Pervez Musharraf, président du Pakistan entre 1999 et 2008, il livre une analyse intéressante sur les raisons qui ont fait de l'Afghanistan un vivier du terrorisme international. Une analyse qui, avec le recul du temps, sonne juste : « En 1989, nous avions vaincu les Soviétiques, me disait-il lors d'une interview. Quand je dis "nous", je veux dire le monde occidental, les États-Unis, le Pakistan, et bien sûr, le peuple afghan. Après cette date, tout le monde est parti, et l'Afghanistan a été livré à son sort. Vingt-cinq mille moudjahidine venus d'aussi loin que la Tunisie ou l'Indonésie se sont retrouvés du jour au lendemain à ne rien faire. Pour eux, aucun programme de réhabilitation. Ils ne connaissaient que la guerre. Livrés à eux-mêmes, ces combattants ont commencé à s'entredéchirer et à détruire ce qu'il restait de l'Afghanistan. De ce chaos sont nés Al-Qaida et les talibans. Et tout ça provient d'une énorme faute de la communauté internationale, d'avoir laissé l'Afghanistan livré à lui-même pendant douze ans, depuis 1989 jusqu'au 11 septembre 2001. Aujourd'hui, le monde souffre du terrorisme parce que, pendant dix ans après cette victoire, nous avons abandonné l'Afghanistan[1]. »

1. Régis Le Sommier, « Musharraf soutient le "Printemps arabe" », entretien, *Paris Match*, 18 février 2011.

2

Le père fondateur de Daech

Un homme en treillis noir et baskets blanches, un foulard noué sur le front, se tient debout au milieu du désert, un fusil-mitrailleur à la main. Autour de lui, une dizaine de combattants cagoulés. Cette arme, il n'en connaît pas franchement le maniement. L'homme ne tire qu'au coup par coup. Un de ses acolytes vient actionner le levier d'armement pour déclencher le tir automatique. L'homme ne prend pas ombrage de l'humiliation que vient de lui infliger un de ses soldats. Il a même un rictus de satisfaction, ravi de rafaler un ennemi imaginaire dans une posture machiste.

Cet homme s'appelle Ahmed Fadil Nazzal Al-Khalayla, mais personne ne l'appelle par ce patronyme. En ce mois d'avril 2006, de Bagdad à Washington, tout le monde connaît son nom de guerre, Abou Moussab Al-Zarqaoui. Son apparent amateurisme dans le maniement des armes est trompeur. Les médias américains diffusent massivement cet extrait vidéo, trouvé par hasard par l'armée américaine dans une des planques d'Al-Qaida. À Bagdad, le général Lynch note que Zarqaoui porte des New Balance « Made in America », les dernières à avoir été fabriquées de bout en bout chez l'Oncle Sam... L'ennemi public numéro un des États-Unis serait donc incapable de manier un pistolet-mitrailleur, et il porterait les mêmes baskets qu'un Américain. L'intérêt pour les États-Unis de diffuser ce document est évident. Il s'agit de montrer que le visage de l'insurrection irakienne est celui d'un imposteur. Quant à ses hommes... on frise le ridicule. Sur la même vidéo, on voit l'un d'eux se brûler la main en empoignant le canon du fusil-mitrailleur dont son chef vient de se servir...

Abou Moussab Al-Zarqaoui est né le 30 octobre 1966, dans une famille jordanienne du quartier de Masoun à Zarqa, une ville située à 30 kilomètres à l'est d'Amman, la capitale. Il vient de la tribu bédouine des Bani Hassan, qui a comme particularités d'avoir toujours été fidèle au royaume hachémite et de compter parmi les plus pauvres. Zarqaoui a grandi dans une famille de dix enfants, entre deux frères et sept sœurs, dans un petit appartement d'un immeuble de béton gris. Face à lui, aucun espace vert, seulement les pierres tombales d'un cimetière au milieu desquelles il joue. Dans sa jeunesse, Zarqaoui a connu la faim. Il a connu aussi la prière. La religion est omniprésente autour de lui. Il n'a pas toujours été d'une piété à toute épreuve, loin de là. Il n'a jamais brillé à l'école qu'il quitte en 1984 et sombre dans la délinquance. Il travaille un temps comme balayeur, mais une sinistre affaire de trafic de drogue et d'agression sexuelle l'expédie derrière les barreaux. À peine sorti, il y retourne pour une blessure au couteau qu'il inflige à un homme au cours d'une bagarre. C'est sa mère, Oum Sayel, qui prend alors en main la destinée de son fils. Elle l'inscrit à la mosquée Al-Hussein-ben-Ali, à Amman. La parole du prophète produit sur lui l'effet d'une rédemption. Zarqaoui est séduit par les doctrines salafistes et leur évocation de la pureté originelle de l'islam. Pour quelqu'un qui a connu l'univers du crime et celui de la rue, la religion offre un salut, une conscience politique.

Abou Moussab Al-Zarqaoui débarque à l'aéroport de Peshawar en décembre 1989, il est déjà trop tard pour prendre part aux combats qui, en février de la même année, ont libéré l'Afghanistan du joug soviétique. Zarqaoui y reste pourtant jusqu'en 1992. Travaillant comme journaliste, il parcourt le pays et parvient à se tisser un réseau relationnel qui lui sera plus tard d'une grande utilité. Au cours de ce séjour, Zarqaoui se lie d'amitié avec le célèbre chef de guerre pachtoune Gulbuddin Hekmatyar. Il fréquente également le camp de *Sada al-Malahim* (Écho de la bataille), par où est passée l'élite d'Al-Qaida, dont Ramzi Yousef et Khalid Cheikh Mohammed, les concepteurs des deux attentats contre le World Trade Center, en 1993 et en 2001...

De retour en Jordanie fin 1992, il rejoint naturellement le mouvement de l'idéologue djihadiste Abou Mohammad Al-Maqdisi. Les services de renseignements du Royaume hachémite, Dairat Al-Mukhabarat Al-Ammah ou GID en anglais, comptent parmi les plus efficaces des nations arabes, au point que la CIA et le MI6 britannique s'appuient sur eux. Maqdisi et Zarqaoui projettent des attentats anti-israéliens. Ils sont vite repérés. Zarqaoui avait pour mission de récupérer armes et explosifs via le Koweït où, depuis le retrait de l'armée irakienne après l'intervention américaine en 1991, on les trouve en abondance. Au cours d'une perquisition de la police, un arsenal est découvert, caché dans un mur de sa maison.

Maqdisi et Zarqaoui sont tout deux incarcérés à Swaqa, un pénitencier doté d'un quartier de haute sécurité et situé en plein désert. Faeq Chaouich, un compagnon de cellule, se souvient que Zarqaoui ambitionnait d'apprendre le Coran par cœur. « Tous les jours, je lui faisais réciter une dizaine de versets. »

Zarqaoui tente alors, sans succès, d'effacer à l'acide chlorhydrique ses tatouages, qui représentent sa vie de voyou. Sami Majally, le directeur de l'administration pénitentiaire jordanienne, se souvient d'un détenu dont il fallait se méfier. « Zarqaoui était à la tête d'un groupe de prisonniers. On était très prudent avec lui. Toute affaire qui concernait un de ces prisonniers devait se régler avec lui. » Il organise dans la prison un système de contestation non violente. Spirituellement, il est sous l'influence de Maqdisi, mais peu à peu, ce dernier le laisse administrer les prisonniers. Il va jusqu'à lui délivrer le titre d'« émir », une marque de noblesse qui signifie « celui qui donne des ordres ».

Zarqaoui reste sept ans en prison. Avant cette expérience, ses amis le décrivaient comme un individu dépourvu de charisme. Il en ressort transformé. À cette époque, il acquiert la conviction qu'un leadership fort manque à l'Islam. À Swaqa, il s'est endurci. Les décennies suivantes illustreront en effet la cruauté du personnage. Il existe pourtant un aspect moins connu de sa personnalité : il est particulièrement émotif. Aussi étonnant que cela puisse paraître, il est même si souvent en proie à des crises de larmes qu'on le surnomme « Celui qui pleure abondamment »[1].

1. Thomas Hegghammer, « The Soft Power of Militant Jihad's », *Op-Ed New York Times*, 19-20 décembre 2015.

Cependant, chez les djihadistes, pleurer de compassion en évoquant les humiliations subies par les frères et sœurs musulmans, ou au cours de la prière, n'est pas le signe d'une sensiblerie méprisable ou, pire encore, d'un défaut de virilité. C'est au contraire une preuve de dévotion à Allah.

En 1999, à l'occasion de l'accession au trône du roi jordanien Abdallah II, une grâce royale permet à Zarqaoui de sortir de prison, à condition de quitter le pays et n'y remette jamais les pieds. Il repart en Afghanistan.

3

Les sources de la discorde

C'est à son retour en Afghanistan que Zarqaoui rencontre Oussama Ben Laden. Dès le début, leurs relations sont compliquées. Zarqaoui accepte de prêter allégeance à celui qu'on appelle le « Grand Cheikh », mais pour cela, il exige de ce dernier qu'il s'attaque à la famille Al-Saoud, coupable de s'allier aux régimes impies des Occidentaux. Pour des raisons tactiques et sans doute financières, Ben Laden ne souhaite pas encore rompre les liens avec l'Arabie saoudite. Son clan est proche de la famille royale, et il a encore de nombreux intérêts « au pays ». Zarqaoui se montre intransigeant. C'est son premier désaccord avec le chef d'Al-Qaida. Pas le dernier.

En Afghanistan, Ben Laden a réactivé ses camps d'entraînement, *Al Masadah* (la Tanière du lion), créés en 1986. Des combattants venus de cinquante pays sont regroupés dans quarante-huit antennes, réparties dans presque tout le pays. Les volontaires sont rassemblés dans des tentes, attribuées selon leur nationalité. L'esprit d'Al-Qaida souffle à travers cette formation paramilitaire à la guerre sainte. *Al Qaïda* («la base» en arabe) n'est pas un lieu secret depuis lequel Ben Laden conspirerait. Elle est une fraternité: la liste des compagnons qui ont fait le djihad avec lui contre les Russes s'enrichira au fur et à mesure de son développement. Avec Zarqaoui, qui est doué pour nouer des contacts un peu partout, Ben Laden trouve l'opportunité d'étoffer son carnet d'adresses dans la perspective d'exporter bientôt le djihad au Moyen-Orient.

Ben Laden retourne en Arabie saoudite, auréolé de gloire. Mais rapidement, il irrite les autorités du royaume en dénonçant sans relâche la corruption – bien réelle – qui continue de sévir dans son pays. Le 2 août 1990 marque un tournant dans sa vie. Alors que Saddam Hussein a envahi le Koweït, les Américains décident d'envoyer un contingent en Arabie saoudite. Le but est de dissuader le dictateur irakien de poursuivre son offensive, de l'obliger à quitter le Koweït et à cesser de menacer ses voisins et le pétrole qui va avec. Ben Laden y perçoit la volonté insidieuse de la part des Américains d'occuper les lieux saints de l'Islam. L'idée que des infidèles, avec leur rock chrétien et leurs alliés juifs, foulent le sol de la Terre des Deux Mosquées lui est tout simplement insupportable. Il déclare le djihad à l'Amérique. Immédiatement expulsé d'Arabie saoudite, il retourne en Afghanistan. Pas pour longtemps. Persuadé que des agents pakistanais veulent l'assassiner, il trouve refuge en 1991 au Soudan, où des militants islamistes ont pris le pouvoir. Il y reste cinq ans. En 1996, à son tour, le Soudan l'expulse. Ben Laden devient un paria universel. Il se tourne alors vers les talibans qui l'accueillent à bras ouverts. Ceux-ci règnent désormais en maîtres sur l'Afghanistan et leur chef, le mollah Omar, l'autorise à créer les « camps du djihad du monde entier ». De cette nouvelle « tanière du lion » vont naître beaucoup de disciples, notamment les kamikazes du 11-Septembre. Le 7 août 1998, il diligente depuis l'Afghanistan les deux attentats quasi simultanés au camion piégé contre les ambassades américaines à Nairobi, au Kenya, et à Dar es-Salaam, en Tanzanie. Ils sont suivis le 12 octobre 2000 par un autre attentat à l'embarcation piégée contre le destroyer américain USS Cole dans le port d'Aden, au Yémen.

Malgré cette série de succès et la notoriété grandissante de l'organisation, Zarqaoui refuse d'intégrer Al-Qaida. Il veut garder toute son indépendance. Pour Ben Laden, ce n'est pas un *casus belli*. Il lui propose même de créer son organisation à part et lui offre pour cela la somme de 200 000 dollars. Zarqaoui s'installe à l'ouest de l'Afghanistan, dans la ville d'Hérat où il fonde son camp d'entraînement en compagnie de deux anciens codétenus jordaniens. Les membres de son organisation, *Tawhid wal Djihad* (Groupe du monothéisme et du djihad), ont une origine différente de ceux d'Al-Qaida, qui viennent principalement d'Arabie saoudite et d'Égypte. Ces compagnons viennent de Syrie, de Palestine, du Liban, de Jordanie et, plus tard, d'Irak. Le camp est situé aux abords de la ville, sur les pentes d'une montagne où la troupe vit de façon spartiate.

Après le 11-Septembre et l'invasion de l'Afghanistan par les Américains, Zarqaoui se voit contraint de quitter Hérat. Il part avec ses hommes et leurs familles dans un convoi composé d'environ quatre cents véhicules. Le voyage a lieu de nuit, pour éviter les avions de la coalition occidentale. Certains militants voient dans cette épopée l'intervention d'Allah. Ils racontent qu'une multitude d'étoiles filantes parcouraient le ciel pour dissimuler le convoi à la vigilance des F-16 américains. Zarqaoui et ses hommes mettent quatre jours pour rejoindre Kandahar où les talibans et leurs alliés d'Al-Qaida sont retranchés. Mais la dernière forteresse ne tient pas longtemps. Avec la chute du régime des talibans, Al-Qaida perd ses camps afghans. De nombreux réseaux sont démantelés. Désormais, les services de renseignements du monde entier sont coalisés contre elle.

C'est alors que le responsable des réseaux extérieurs de l'organisation, Khalid Cheikh Mohammed, développe l'idée d'une organisation décentralisée en « émirats de guerre » autonomes. Surnommé *Al-Mokh* (le Cerveau) et KSM par les Américains, il est donc le concepteur des attentats du 11 septembre. Ben Laden et lui font le constat que l'organisation ne peut plus fonctionner de façon pyramidale, avec une direction établie en Afghanistan d'où elle donne les ordres, forme et envoie les martyrs de par le monde. Après le 11 septembre, la figure de Ben Laden, déjà réputée inaccessible par de nombreux candidats au djihad, semble s'éloigner encore du combattant de base. Zarqaoui, lui, reste proche de ses compagnons. C'est encore une différence de taille. Désormais, les brigades « régionales » se chargent elles-mêmes de définir les objectifs du djihad et de les financer. Al-Qaida devient une nébuleuse avec une multitude de groupes franchisés qui s'en réclament – et agissent bien souvent en se passant de l'aval de la maison mère. La pieuvre s'étend de Bali à Madrid, de Riyad à Casablanca, et bientôt jusqu'à Londres. Elle frappe maintenant au cœur de l'Occident. Sa marque de fabrique : l'attentat spectaculaire.

4

La divine surprise

Oussama Ben Laden n'avait pas prévu l'effondrement des tours le 11 septembre. Il ne pouvait pas non plus prévoir que les États-Unis envahiraient l'Irak. George W. Bush a, en ce sens, comblé ses espérances, offrant à Al-Qaida le meilleur outil de propagande possible, ainsi qu'un nouveau front dans la guerre sainte.

Après les attentats du World Trade Center, la stratégie initiale des Américains en Afghanistan a été la bonne. À l'aide d'un savant usage de frappes aériennes et de Forces spéciales, couplées à un appui tactique sur l'Alliance du Nord, ils sont venus à bout des talibans en un temps record. Le succès de l'opération aurait suffi d'ailleurs à mettre en garde quiconque envisageant, dans le futur, d'attaquer les États-Unis. Si les choses étaient restées en l'état, après la chute des talibans, les Forces spéciales auraient concentré leur action sur la traque des membres d'Al-Qaida – et

Ben Laden aurait sans doute été arrêté. Mais, sous le choc du 11 septembre, les dirigeants américains sont alors persuadés qu'après avoir détourné des avions pour en faire des bombes volantes, les terroristes vont bientôt mettre la main sur des missiles et des armes bactériologiques ou nucléaires. Ils pensent que Saddam Hussein va les leur fournir puisqu'il a déjà, par le passé, projeté de construire de telles armes. Ben Laden n'a rien fait pour qu'une telle vision des choses s'impose dans l'esprit des dirigeants américains. Le jour des attentats du 11 septembre, il n'existait en Irak aucun groupe du nom d'« Al-Qaida ». Ben Laden va profiter de cette aubaine au-delà de ce qu'il a pu imaginer. Et il n'est pas le seul…

Abou Moussab Al-Zarqaoui est blessé dans un bombardement pendant la chute de Kandahar. Pour fuir, il utilise ses réseaux salafistes. Il parvient, via le Pakistan, à gagner l'Iran, où d'anciens contacts l'accueillent. Il se place alors sous la protection du chef de guerre afghan en exil Gulbuddin Hekmatyar. Les États-Unis le repèrent. Ils font pression sur Téhéran pour qu'il soit expulsé. Depuis la crise des otages de 1976, l'Iran est l'ennemi de l'Amérique. Cependant, et on l'oublie souvent, après le 11 septembre 2001, l'État a rejoint la coalition contre les talibans. Zarqaoui n'y est donc pas en sécurité – même si, par moments, les

Iraniens jouent un double jeu avec lui. Il se réfugie avec ses fidèles au Kurdistan irakien, une région autonome qui échappe au contrôle de Saddam Hussein depuis 1991, grâce notamment à l'interdiction de survol de la zone par décision de la communauté internationale. Là-bas, il associe sa formation, Tawhid wal Djihad, à un groupe salafiste local, *Ansar al Islam* (Ceux qui portent secours à l'Islam), qui règne sur un territoire d'environ 500 kilomètres carrés. Bien implantés, ces djihadistes possèdent des réseaux puissants en Syrie, réseaux dont Zarqaoui, qui a acquis une renommée de taille dans la nébuleuse salafiste, va profiter. Il se lie en particulier avec le mollah Fouad, un Kurde irakien, membre d'Ansar al Islam, que l'on surnomme « le Garde-frontière ». C'est lui qui supervise l'arrivée en Irak de combattants étrangers, bientôt candidats aux opérations kamikazes.

Zarqaoui se fait connaître au monde en octobre 2002, à Amman, quand il abat Laurence Foley, un diplomate américain. Il est condamné à mort par contumace. Un mandat d'arrêt international est lancé contre lui. Le général Colin Powell s'empare de cet assassinat afin de tenter de prouver qu'un lien existe entre Saddam Hussein et Al-Qaida. Le 5 février 2003, face au Conseil de sécurité de l'ONU, le secrétaire d'État défend la décision d'entrer en guerre en arguant, entre autres, de la présence de Zarqaoui en Irak. Au cours d'une prestation restée célèbre, Powell explique que Saddam Hussein cherche à fabriquer une arme bactériologique. Selon lui, Zarqaoui est l'agent de liaison entre Saddam Hussein et Ben Laden. Ces arguments font partie d'un rapport bricolé à la hâte par la CIA pour vendre l'invasion à une opinion publique avide de vengeance après les attentats du World Trade Center. Colin Powell se trompe sur toute la ligne. « Ma présentation très médiatique devant l'ONU pour justifier l'usage de la force restera comme une tache sur ma réputation, et peut-être le pire jour de ma carrière. Je regrette ce que j'ai dit. Les renseignements que m'avaient fournis les services secrets étaient erronés, mais tout le monde y croyait à l'époque », m'avouera Powell des années plus tard, lors d'un entretien[1]. Il n'a jamais existé d'agent de liaison entre Saddam Hussein et Al-Qaida – ni même de collaboration quelconque. La dictature laïque de Saddam, qui sépare religion et pouvoir, ne peut s'entendre avec Al-Qaida, qui les confond. Dans ses écrits, Ben Laden considère Saddam Hussein comme un « socialiste infidèle ». Et en 1990, lorsque Saddam Hussein envahit le Koweït, Ben Laden appelle ses partisans à y faire la guerre aux troupes du maître de Bagdad tout autant qu'aux Américains. « Nous devons combattre pour Allah

1. Colin Powell, *Paris Match*, 23 décembre 2009.

seulement, et ne pas soutenir le nationalisme ou les régimes païens dans les pays arabes et en Irak», déclare-t-il dans une vidéo du 12 février 2003 dans laquelle il exhorte ses fidèles à se battre contre les Américains. Il continue ainsi: «Nous insistons sur l'importance des attaques suicides contre l'ennemi. Elles ont effrayé les Américains et les Israéliens comme jamais auparavant. Nous recommandons d'entraîner l'ennemi dans un long et épuisant combat en se camouflant partout. L'ennemi déteste par-dessus tout les combats de rue dans les villes.» Zarqaoui est en ligne avec ce message. Colin Powell avait donc tout de même vu juste à son sujet: même sans liens avec Saddam, le Jordanien est une véritable menace.

Le 9 avril 2003, Bagdad tombe. Zarqaoui perd deux lieutenants dans des frappes aériennes. Il est contraint à la clandestinité. Mais son réseau a tout le temps de se préparer afin que l'Irak, à la suite de l'Afghanistan, se transforme en terre de djihad. Ici, Zarqaoui est, de fait, chez lui. Depuis le temps du commerce caravanier, des liens forts et anciens existent entre le nord de la Jordanie, d'où il est originaire, et le triangle sunnite irakien. Après la chute de Bagdad, Zarqaoui s'allie dans la clandestinité avec divers groupes d'insurgés qui se forment en réponse à l'occupation américaine. De façon méthodique, il place son organisation au cœur de l'insurrection irakienne – jusqu'à en faire la principale force terroriste. Le 19 août 2003, il commet son premier attentat d'envergure, une double attaque suicide à la voiture piégée contre l'immeuble qui abrite le personnel de l'ONU à Bagdad. On compte vingt-deux morts, dont le représentant de l'organisation, Sergio Vieira de Mello. La voiture a explosé en dessous de ses fenêtres, ne lui laissant aucune chance. Vieira de Mello était un homme charismatique et populaire. Sa disparition touche au cœur la communauté des humanitaires. L'impact est tel que l'ONU décide de retirer son personnel d'Irak. Le 29 août, Zarqaoui s'en prend aux chiites, considérés par les extrémistes sunnites de sa trempe comme des collaborateurs et des hérétiques. Une bombe explose près de la mosquée de l'imam Ali, au cœur de la ville sainte de Nadjaf, l'équivalent de Rome pour les chiites, faisant quatre-vingt-cinq morts. Zarqaoui gagne alors le surnom de « Lion de Mésopotamie ». Il frappe où il veut, quand il veut en Irak. À l'inverse, Ben Laden peine de plus en plus à diriger son organisation dans la clandestinité. Cela fait bientôt deux ans qu'on n'a pas vu le visage du chef d'Al-Qaida…

10 septembre 2003, coup de théâtre. À la veille de l'anniversaire des attentats du World Trade Center, la chaîne qatarie Al Jazeera diffuse une vidéo où l'on voit Ben Laden accompagné de son lieutenant,

Al-Zawahiri. Les deux hommes marchent dans un décor qui ressemble à la montagne afghane. Ben Laden apparaît vêtu d'une tenue traditionnelle afghane. Il n'a pas tout à fait l'allure d'un guide de haute montagne, mais sa démarche est alerte. On le voit gravir des pentes raides en se servant d'un long bâton pour guider son pas. Il franchit des cols étroits, traverse des gués avec cette allure qui le caractérise. Il semble être en parfait contrôle de ses moindres gestes, même les plus anodins. Ses traits sont un peu creusés. On le voit ensuite assis dans l'herbe, près d'un rocher. Ses mouvements sont presque gracieux. Il se lève lentement, comme si le film avait été tourné au ralenti, attrape sa kalachnikov, l'arme qui ne le quitte jamais. Il jette son manteau par-dessus son épaule et reprend sa marche. La vidéo semble avoir été tournée sur plusieurs jours. La lumière n'est pas toujours la même. Les paysages changent. Alors qu'on a souvent entendu dire, depuis le début de sa cavale, qu'il est un homme malade, à l'article de la mort, on le voit crapahuter à flanc de montagne. Le plus surprenant dans cet enregistrement est que, deux ans après le 11 septembre, Ben Laden se permette de sortir de sa tanière au nez et à la barbe des Américains. Il n'est certes pas en train de se promener dans les rues de Londres, mais tout de même, le symbole est fort. Les services de renseignements et tout ce que l'Occident compte comme moyens de détection sont mis en échec de manière flagrante. La diffusion de la vidéo n'est accompagnée d'aucun commentaire audio. En fond sonore, on entend des chants exaltant la guerre sainte, entrecoupés de discours en arabe et de bruits d'armes automatiques. Ces images rappellent aussi le mythe qu'il incarne et le passé de l'homme. Admirateur d'Hassan ibn Al-Sabbah, le fondateur, au XIe siècle, de la secte islamiste des Assassins, il veut qu'on le reconnaisse comme le « Vieux de la montagne » des temps modernes. Pour Ben Laden, il est également urgent de faire savoir aux prochaines recrues d'Al-Qaida qu'autrefois, il a fait le djihad en Afghanistan, que c'est là qu'il s'est fait connaître. C'est dans ces mêmes paysages que les moudjahidine abattaient les hélicoptères russes à coups de missiles Stinger, offerts de bonne grâce par les mêmes Américains qui le traquent aujourd'hui. Ben Laden veut rappeler au monde qu'il est partout chez lui en Afghanistan – même dans les zones tribales. Il est un chef de guerre et il veut être vu comme tel. En réalité, il n'est plus, pourtant, qu'un homme traqué…

Le 11 mai 2004, en Irak, la surenchère sanglante continue. Et c'est Zarqaoui qui a la main. Il franchit un degré supplémentaire dans l'horreur en décapitant lui-même, à l'aide d'un couteau, un jeune otage américain. Diffusé sur le Web, le meurtre de Nick Berg provoque une émotion planétaire. L'otage est filmé assis aux pieds de cinq ravisseurs. Ceux-ci portent des tenues supposées représenter les composantes du peuple irakien. Nick Berg est habillé d'une combinaison orange, exactement comme les prisonniers de Guantanamo. Cet accoutrement est aujourd'hui repris dans toutes les vidéos de l'État islamique. Cet acte de cruauté n'est pas pour déplaire à Ben Laden. Le 19 octobre 2004, Ben Laden reconnaît Tawhid wal Djihad comme le relais d'Al-Qaida en Irak. Pour Zarqaoui, c'est l'adoubement. En décembre, dans un message audio, Ben Laden qualifie même ce disciple un peu dissipé de «noble frère». Les coups qu'il porte au moral des Américains valent bien un peu de flatterie. En réalité, le chef d'Al-Qaida méprise ce voyou depuis leur première rencontre, dont les tatouages sur les bras sont les marques d'une vie d'impiété avant la rédemption et le djihad. Mais Ben Laden sait très bien aussi que pour l'instant, Zarqaoui sert comme il faut la cause du djihad. De toute façon, que peut-il faire désormais, si ce n'est observer du fond de sa planque l'élève qui dépasse le maître ?

Depuis la base aérienne de Balad, située au nord-est de Bagdad, le général Stanley McChrystal, patron du

JSOC (les Forces spéciales américaines), consacre une bonne partie de son temps à la traque d'Abou Moussab Al-Zarqaoui. Avec ses analystes, McChrystal étudie vidéos et enregistrements sonores qu'« AMZ », comme l'appellent les Américains, publie sur Internet après chaque opération. Le chef d'Al-Qaida en Irak vient d'inaugurer la branche médiatique du djihad. Les attentats sont filmés puis diffusés, avec en fond sonore des *anashid*, ces hymnes de guerre djihadistes chantés a capella. Il a déjà solidement pris l'ascendant au niveau opérationnel, et voilà que là encore, il ringardise les communiqués un peu trop « institutionnels » d'Al-Qaida.

« Ce type sait parfaitement ce qu'il fait ! » insiste McChrystal. Le patron du JSOC est sidéré par la capacité de Zarqaoui à orchestrer des attentats à la voiture piégée dans des villes distantes de parfois 300 kilomètres, et ce, à quelques secondes d'intervalle. Il fait également preuve d'une habileté stupéfiante pour se déplacer sur le champ de bataille. Il lui serait arrivé de tromper la vigilance des troupes américaines en franchissant déguisé des check-points pourtant particulièrement bien surveillés. Il aurait même été arrêté par la police irakienne, et libéré sans avoir été reconnu. Il fait bien sûr grande publicité de cette audace, vantant évidemment Allah, qui lui prête évidemment main-forte pour échapper à l'ennemi. Il façonne sa légende. Son implication auprès des combattants fait de lui un leader d'une autre nature que Ben Laden qui tient désormais davantage du guide spirituel que du chef de guerre affrontant l'ennemi les armes à la main. «*Leading from the front*» (commander depuis le champ de bataille), disent les Américains de ce type de leader qui vit comme ses hommes, prêt à tout risquer à leurs côtés.

Cette notoriété que Zarqaoui recherche n'a pas pour but de recruter en Irak. L'Irakien de la rue ne possède pas l'équipement nécessaire pour regarder ces films. Et les vidéos ne sont d'ailleurs pas nécessaires pour l'endoctriner. Il n'a qu'à mettre le nez dehors pour constater toutes les imperfections de l'occupation américaine. Cette propagande vise le combattant étranger. Dans la «djihadosphère», Zarqaoui possède une capacité d'attraction phénoménale. McChrystal estime qu'environ cent cinquante candidats au djihad franchissent la frontière tous les jours, et qu'ils sont responsables de 90 % de la violence en Irak. «Sans obligations quotidiennes, comme un métier ou une famille, dit le chef du JSOC, ces combattants étrangers n'avaient rien d'autre à faire que de combattre vingt-quatre heures sur vingt-quatre. Même si on rétablissait l'électricité ou qu'on garantissait une meilleure prise en compte des intérêts de la communauté sunnite en Irak, cela ne les convaincrait pas de déposer les armes. Ils étaient venus pour faire mal et tuer des Américains. »[1]

Stanley McChrystal est une perle rare dans le milieu militaire. Il a la faculté de se mettre dans la tête de son ennemi, de penser comme lui. Pour combattre Zarqaoui, il estime d'abord qu'il faut agir en réseau, et non plus à travers des organisations cloisonnées où l'information remonte en silos la chaîne de commandement. Car lorsque, au bout du compte, l'info est transmise aux forces terrestres, l'ennemi s'est bien souvent volatilisé. L'armée américaine doit s'adapter. L'habileté dont les djihadistes font preuve pour communiquer, leur usage des portables en particulier, étonne les Américains. McChrystal l'admet, Zarqaoui a souvent une longueur d'avance sur eux. Mais la machine de guerre américaine, parfois lente à la détente, va se mettre peu à peu en ordre de bataille. Il reste un phénomène inexplicable pour McChrystal : le flot inépuisable des candidats au suicide et la capacité de Zarqaoui à les recruter. « Dans certains cas, se souvient-il, en un an, parfois moins, il parvenait à enrôler un jeune homme, sans aucun antécédent de violence, à l'extraire de sa routine quotidienne, à l'envoyer en Irak pour enfiler une ceinture

1. Général Stanley McChrystal, *My Share of the Task : A Memoir*, New York, Portfolio/Penguin, 2013.

d'explosifs ou faire sauter son véhicule au milieu d'un marché. »[1]

Ce recrutement commence bien souvent à la sortie d'une mosquée. Le jeune homme est approché. On lui propose des discussions en groupe. On y parle de l'Irak, des exactions que commettent les Américains et des actes dégradants dont seraient victimes les musulmans. L'humiliation réelle ou supposée des musulmans est un catalyseur fort qui revient en permanence dans l'argumentaire djihadiste. La formation se poursuit, en douceur, à la mosquée ou ailleurs. Le jeune homme change d'apparence, de vêtements. Il se met à prier cinq fois par jour. Peu à peu, l'homme se coupe de ses amis, ou plutôt, on l'encourage à le faire – puisqu'il faut s'éloigner le plus possible des sources du péché. En apparence, il ressemble aux millions de musulmans pieux. Mais dans sa tête, un manichéisme a pris forme. Son itinéraire passe ensuite par Damas, puis Alep. Enfin, le volontaire est convoyé de cache en cache jusqu'en Irak.

Les attentats se multiplient, qui visent les chiites bien davantage que les forces de la coalition. Les relations s'enveniment entre Ben Laden et Zarqaoui, mais aussi entre Zarqaoui et ses anciens mentors.

1. *Ibid.*

Le chef d'Al-Qaida pense que ces carnages chez d'autres musulmans, si hérétiques soient-ils, ne sont pas l'objectif prioritaire de l'organisation. Peut-être Ben Laden a-t-il aussi des scrupules d'ordre privé vis-à-vis des chiites. Originaire de Syrie, sa mère était une alaouite – branche du chiisme…

Mais Zarqaoui n'en a que faire. Il sait parfaitement qu'en Irak, en ciblant les chiites – les nouveaux maîtres du pays dans les bagages des Américains et de la démocratie élective –, il ne peut que s'attirer davantage de supporters parmi ses frères sunnites – la communauté qui s'est vue dépouillée du pouvoir. Il sait aussi, contrairement aux Américains qui lui ont tourné le dos, jouer à son avantage du système tribal irakien. Sous Saddam, les tribus sunnites – mais aussi chiites – constituaient l'ossature de la société. Tout passait par elles. Les velléités démocratiques de Paul Bremer, l'administrateur provisoire de la coalition en Irak, les ont rayées d'un trait de plume, considérant qu'elles n'avaient aucun avenir dans le système démocratique que les Américains entendaient offrir aux Irakiens. Zarqaoui n'a aucune peine à reprendre à son compte toutes ces frustrations nées d'un mélange de mépris et d'ignorance.

Le 22 février 2006, à Samarra, au nord-ouest de Bagdad, il frappe au cœur de l'Islam chiite en plastiquant le dôme de la mosquée d'Or. L'endroit est révéré.

C'est dans cette mosquée que les chiites espèrent le *Mahdi*, le douzième imam, dont le retour, à l'image de celui du Christ pour les chrétiens, signifiera la fin des temps. En attendant, l'attentat plonge le pays dans une guerre civile abominable. C'est exactement ce que recherche Zarqaoui. Des milliers d'Irakiens meurent dans les mois qui suivent. En effet, jusqu'alors, les chiites s'étaient abstenus de riposter aux carnages provoqués par Al-Qaida en Irak. Après Samarra, ils s'organisent. Les plus extrémistes d'entre eux se regroupent en escadrons de la mort dont le but avoué est de chasser un à un les sunnites du pays. Les Nations unies estiment que trente-quatre mille sunnites sont assassinés. Et cela pour la seule année 2006.

Les sunnites rallient en masse l'organisation de Zarqaoui, la plus à même de leur offrir une protection. Al-Qaida en Irak riposte aux escadrons de la mort en faisant exploser des voitures piégées dans les zones chiites. C'est un carnage. L'épuration religieuse bat son plein.

À plusieurs reprises, Ben Laden tente d'entrer en contact avec Zarqaoui. Il voudrait le dissuader de continuer dans cette voie : l'objectif doit rester l'occupant américain. Mais Zarqaoui n'en tient aucun compte. Il a bien en main les rênes de l'insurrection et se croit invincible. Partout dans le pays, on assiste à des scènes inimaginables sous Saddam Hussein : des communautés qui depuis des siècles vivaient ensemble dans le même quartier sont séparées. Pour contenir l'effusion de sang, les Américains dressent des murs de béton. Ainsi, ils espèrent empêcher les extrémistes de semer la mort dans le camp d'en face. Plus globalement, ils choisissent d'ignorer la grande peur des chiites face à la menace de Zarqaoui. Ils s'imaginent qu'en prêtant une oreille attentive aux récriminations des sunnites, ils parviendront à ce que l'emportent chez eux les modérés sur les extrémistes. Les Américains ont toujours utilisé ce schéma dans leur politique étrangère. Mais classer les gens entre « extrémistes » et « modérés » n'a jamais permis de comprendre ce que chacun a dans la tête.

En accord avec les Américains, et dans le but de provoquer la discorde au sein d'Al-Qaida, le gouvernement jordanien libère le mentor et vieux compagnon de détention de Zarqaoui, Abou Mohammad Al-Maqdisi. Si Zarqaoui est devenu le plus efficace chevalier servant du djihad, Maqdisi en reste un des principaux idéologues. Dès ses premiers prêches d'imam libre, Maqdisi déplore l'usage immodéré des kamikazes en Irak et surtout, comme Ben Laden, la mort de beaucoup trop de chiites. C'est un camouflet pour Zarqaoui. Côté Al-Qaida, même Ayman

Al-Zawahiri s'y met. Premier zélateur du takfirisme à l'époque où Zarqaoui rejoignait l'Afghanistan, Zawahiri condamne maintenant l'acharnement de ce dernier sur les chiites. C'est comme si, écartée du premier rôle dans le djihad mondial, l'organisation s'était trouvé un objectif commun avec les Américains : stopper Zarqaoui. Rien n'y fait cependant. À travers l'Irak, les carnages succèdent aux carnages. Et plus encore : Zarquaoui est capable aussi de frapper à l'extérieur de l'Irak, comme lorsqu'il s'attaque aux principaux hôtels de luxe à Amman, en Jordanie, au cœur du pays qui l'a vu naître.

« La traque de Zarqaoui, ce sont des années de travail, m'avouera McChrystal. Je l'ai menée avec l'aide d'une équipe soudée. Des Forces spéciales d'abord, qui, chaque nuit, partaient appréhender les individus susceptibles de détenir des informations pendant que des forces conventionnelles sécurisaient le périmètre de ces missions. Dans l'équipe, on trouvait aussi des analystes, des jeunes gens fraîchement sortis de leur université. Ils parlaient un autre langage que le mien, mais nous avons travaillé main dans la main. »[1]

En janvier 2006, pour la première fois, la chance tourne à l'avantage des Américains. Les forces irakiennes

1. Régis Le Sommier, « McChrystal, le stratège de l'Afghanistan », entretien, *Paris Match*, 16 avril 2010.

mettent la main sur un adjoint de Zarqaoui, un homme appelé Abou Zar. Celui-ci leur désigne un bâtiment à Youssoufia, un village au sud de Bagdad où l'état-major d'Al-Qaida se réunit périodiquement. Après trois mois d'observation, un raid permet l'arrestation d'une douzaine de membres importants du réseau, mais hélas, pas de son chef. On arrête tout de même parmi eux le responsable des médias du groupe et celui qui fait la liaison avec Ben Laden. Les Américains ont désormais une bonne idée du fonctionnement d'Al-Qaida en Irak, ce qui va leur permettre d'agir à nouveau. « Nous avons récupéré une vidéo où AMZ se mettait en scène [la fameuse vidéo où il tire dans le désert à l'arme automatique], se souvient McChrystal, puis repéré l'endroit où elle avait été tournée. Nous avons également remarqué qu'un religieux, Abd Al-Rahma, lui servait de conseiller. Nous avons établi la fréquence de leurs rencontres, tous les sept ou huit jours, et les signes qui les annonçaient. Pendant trois semaines, en utilisant tous les moyens de surveillance à notre disposition, cet imam a été suivi pas à pas. À un moment, nous étions certains qu'une rencontre était imminente. D'abord nous avons envoyé des troupes. Nous le voulions vivant. Mais il restait hors d'atteinte, alors nous avons frappé. »[1]

1. *Ibid.*

Le 7 juin 2006, une bombe de 500 kilos larguée par un F-16 américain met un terme à la carrière d'Abou Moussab Al-Zarqaoui. La maison dans laquelle il se trouve, à Baqouba, au nord de Bagdad, est pulvérisée. Les Américains exhibent au monde entier la photo de son visage tuméfié, paupières closes. C'est une grande victoire.

Quelques jours plus tard, un étudiant de 35 ans termine brillamment ses études à l'Université islamique de Bagdad, obtenant un doctorat en Phonétique du Coran. Il s'appelle Abou Bakr Al-Baghdadi. Un jour, il se servira dc ce titre pour s'autoproclamer calife de l'État islamique.

La mort de Zarqaoui est un rude coup porté à Al-Qaida. Cependant, elle ne diminue en rien la fréquence des attentats. Le réseau est bien implanté. C'est l'Égyptien Abou Ayyoub Al-Masri qui le remplace. Il a l'avantage d'avoir personnellement connu Zarqaoui, mais aussi Ayman Al-Zawahiri. Pourtant, cette succession tombe au mauvais moment. Al-Masri n'est pas aussi redouté que Zarqaoui. Des critiques commencent à voir le jour sur l'orientation du djihad. Les Irakiens sont en effet fatigués du zèle religieux. Certains ont rejoint Al-Qaida parce que l'organisation leur fournissait armes et munitions, et que ses volontaires étrangers avaient l'expérience du djihad.

Pour les officiers de l'armée de Saddam élevés dans l'idéologie baasiste laïque, l'inquisition religieuse qui s'est développée est devenue insupportable. Elle est culturellement très éloignée de la mentalité irakienne. L'hystérie contre l'alcool est mal ressentie par des militaires dont certains n'ont jamais fait mystère de leur penchant pour un bon scotch. Whisky, cigares et moustaches ont longtemps cohabité harmonieusement au sein du parti Baas irakien. Or les militants d'Al-Qaida vont jusqu'à couper les doigts des fumeurs. Ils exécutent en public hommes et femmes suspectés d'adultère et laissent les cadavres dans la rue, pour l'exemple. Les coupables désignés par les tribunaux islamiques voient leur porte recouverte d'inscriptions de couleur blanche. Le soir, les miliciens se chargent de la sale besogne… Le plus intolérable pour les Irakiens est de voir ces étrangers choisir des femmes de leurs clans pour les épouser de force. Beaucoup d'insurgés s'interrogent sur le sens de ce combat.

En avril 2007, Al-Qaida crée une structure baptisée l'État islamique d'Irak. Il s'agit d'unifier l'insurrection. Révoltés par les méthodes de l'organisation, les plus nationalistes des insurgés refusent d'y adhérer. Le mouvement se fissure. Al-Qaida choisit la manière forte pour rallier les réfractaires. Elle fait exécuter une trentaine de combattants appartenant aux autres groupes insurgés. Ben Laden tente une médiation.

On l'apprend par le biais de lettres retrouvées par des soldats américains. Le chef d'Al-Qaida prône... la modération ! Il estime qu'il faut séduire les populations. Il en est arrivé aux mêmes conclusions que les Américains, avec leur doctrine de contre-insurrection : pour gagner, il ne faut pas seulement tuer un maximum d'ennemis. Il s'agit aussi de s'attirer la bienveillance des civils. Ben Laden recommande à ses partisans un peu de mesure quant à l'application des lois islamiques. Mais il est déjà trop tard. Dans la province d'Anbar, une des places fortes de l'insurrection, les tribus tournent le dos à Al-Qaida les unes après les autres.

« Nous vous avons observés en Anbar pendant trois ans et demi, dit un émir salafiste au général américain Graeme Lamb, et nous en avons conclu que ce n'est pas vous qui menacez notre foi ou notre façon de vivre, c'est Al-Qaida. »[1] C'est le début d'un mouvement dont les Américains se saisissent à leur avantage. En échange de leur aide pour liquider Al-Qaida, ils arment et payent les sunnites. Il existe une autre raison à ce calcul. Les sunnites sont convaincus que la seule façon d'échapper aux persécutions des chiites au

1. Michael Weiss, Hassan Hassan, *EI, État islamique : au cœur de l'armée de la terreur*, Paris, Éditions Hugo & Co, 2015, p. 118.

pouvoir est de se placer sous la protection des Américains. Ces derniers deviennent, en quelque sorte, « la tribu la plus forte ». Détestés par tous, sunnites comme chiites, après l'invasion, les Américains sont, de fait, le dernier ciment d'une société irakienne dont la décomposition semble irréversible. Le résultat de ce programme, lancé par le général américain David Petraeus et baptisé *Sahwa* (Réveil), dépasse toutes les espérances. Avec une patience infinie, Petraeus a su exploiter les failles de l'insurrection irakienne et tous les rouages de la société civile. Il parvient à éviter un nouveau Vietnam. Mais fournir des armes et de l'argent aux sunnites et leur garantir une souveraineté ne les rend pas pro-américains pour autant. Pour l'instant, les sunnites sont redevenus des alliés. Il serait naïf de penser que cela peut durer.

5

Le Printemps arabe

Le Caire, dimanche 30 janvier 2011. Depuis plus d'une semaine, la place Tahrir, au centre de la ville, est le théâtre d'une révolte populaire comme l'Égypte n'en a jamais connu. Venus de tous les horizons de la société, les manifestants se rassemblent chaque jour pour exiger le départ du président Hosni Moubarak. Parmi les nombreux médias qui couvrent l'événement, l'un attire l'attention : Al Jazeera. Créée en 1996 par l'émir du Qatar, cette chaîne est l'incarnation d'une prise de conscience médiatique dans le monde arabe. Pendant la première guerre du Golfe, les Irakiens devaient allumer CNN pour se voir mourir… Ils ont désormais leur propre média, par le biais duquel s'exprime leur vision du monde. Après le 11 septembre 2001, Al Jazeera se fait surtout connaître comme le vecteur privilégié des messages de Ben Laden. Ce dimanche 30 janvier, ce n'est pas pour cela que les autorités égyptiennes ont fait fermer ses bureaux.

Depuis quelques jours, les journalistes d'Al Jazeera sont traqués par les partisans du régime. Certains ont été arrêtés, d'autres battus. Pour le gouvernement égyptien, la chaîne qatarie est aussi dangereuse qu'Internet, Wikileaks et Facebook, parce qu'elle montre à ses cinquante millions de téléspectateurs l'étendue de la révolte. Par la liberté de ton qui s'est installée sur son antenne, elle est une épine dans le pied pour les pays comme l'Égypte. Son ouverture contraste avec le contrôle étroit exercé par les dictateurs sur les chaînes publiques. En Tunisie, Al Jazeera était interdite, mais elle est parvenue à retransmettre les événements qui ont conduit à la chute de Ben Ali. Al Jazeera a anticipé ce qui se produirait en Égypte jusqu'à devenir un des vecteurs du Printemps arabe. Elle est le cauchemar des autocrates.

La chaîne n'a plus grand-chose à voir avec les islamistes. Elle serait d'ailleurs bien en peine d'en trouver dans les événements qui secouent le monde arabe. Pris de vitesse, les Frères musulmans égyptiens ont tenté de récupérer le mouvement en cours de route sans y parvenir. Dans un monde interconnecté, Libyens, Égyptiens et avant eux les Tunisiens en ont eu assez d'observer sur les nouveaux médias les libertés dont jouit l'Occident sans en bénéficier eux-mêmes. Où est Ben Laden dans tout ça ? Quelle est la portée de son message ? La chaîne qu'on accusait autrefois de faire partie de sa propagande s'est mise à l'écoute du vent révolutionnaire qui anime la jeunesse arabe – et cela n'a rien à voir avec le djihad de Ben Laden. Des jeunes s'immolent en Tunisie, en Algérie et en Égypte, mais jamais au nom d'Allah. À l'inverse des kamikazes, ils ne meurent pas pour tuer d'autres hommes, mais par désespoir. Ils se tuent au nom de la liberté. Mohamed Bouazizi, premier martyr de la révolution tunisienne, s'est immolé parce que la police avait confisqué le chariot sur lequel il vendait ses fruits. Il n'est plus question de guerre sainte contre les croisés, mais d'un sacrifice pour un avenir meilleur. Place Tahrir, lorsque les jeunes parlent de martyre, c'est pour l'Égypte qu'ils sont prêts au sacrifice ultime, et non pour leur religion. Ils manifestent d'ailleurs main dans la main avec les chrétiens. Au milieu de la révolte, on voit des Coptes célébrer une messe place Tahrir tandis que les manifestants musulmans forment une chaîne humaine pour les protéger des attaques des nervis du régime. Un spectacle à rendre malades tous les idéologues salafistes. Pour les jeunes Arabes, Oussama Ben Laden n'est plus le Robin des Bois en qui ils voyaient leur salut. Ils lui préfèrent désormais Wael Ghonim, un cybermilitant, pur produit de l'Occident, à l'origine de la chute du président égyptien Hosni Moubarak. C'est par son invitation lancée sur Facebook que le soulèvement a commencé. À ses partisans, Ben Laden promettait le paradis au bout du martyre. Dix ans après le 11 septembre, il n'a plus que la mort à leur offrir. Les jeunes de la place Tahrir lui répondent qu'ils ont une furieuse envie de vivre.

Cette volonté collective d'une nouvelle génération de s'extraire du carcan de l'extrémisme religieux n'est bien sûr qu'une illusion, mais elle a le mérite d'avoir existé et, souhaitons-le, elle pourra revenir un jour. Très vite, comme en Tunisie, en Libye, ou en Irak, la décomposition de l'État sur les décombres de la dictature va se révéler être une véritable aubaine pour la force la mieux organisée du moment : les islamistes. Ils sont là, place Tahrir, tapis dans l'ombre derrière les manifestants. On ne les voit pas. Pourtant, ils attendent leur heure.

En ce début de l'année 2011, Ben Laden est un homme traqué à la voix à peine audible. Dix ans après le 11-Septembre, la menace d'Al-Qaida a diminué au point que certains, au Pentagone et à la Maison Blanche, crient même victoire. Les messages de son chef sont de plus en plus espacés. Les quinze derniers ne sont plus que des enregistrements audio. Son apparence physique s'est peut-être dégradée, ou bien l'étau s'est resserré sur lui et il ne veut pas risquer de révéler par l'image un détail qui conduirait à son arrestation. Ses injonctions ne sont plus suivies d'effets. Malgré des menaces à caractère prophétique, il n'y a pas eu un seul attentat sur le sol américain depuis le World Trade Center. La seule gloire de Ben Laden est de parvenir à échapper encore à la traque à l'homme la plus coûteuse jamais organisée dans l'histoire de l'humanité. D'autres fugitifs célèbres ont connu des cavales plus longues que la sienne. Pendant douze ans, Radovan Karadzic est parvenu à échapper à la justice en se faisant passer pour le bon docteur Dragan Dabic, spécialiste de médecine, alternative travaillant dans une clinique privée. Pour tromper ses poursuivants, l'ancien chef des Serbes de Bosnie s'était laissé pousser la barbe et les cheveux, et il a changé d'épouse. Il lui arrivait de donner des conférences. Comme certains dignitaires nazis après la Seconde Guerre mondiale, Karadzic avait endossé l'habit de la respectabilité et vivait au grand jour dans un faubourg de Belgrade. En réalité, les services de renseignements serbes savaient où il se trouvait. Son arrestation a curieusement coïncidé avec l'élection en Serbie d'un nouveau président, Boris Tadic, désireux de rapprocher son pays de l'Union européenne et de tirer un trait sur les années noires.

Avec Ben Laden, les choses sont un peu plus compliquées. Les Forces spéciales lancées à ses trousses ont fait chou blanc à chaque fois qu'elles ont cru l'avoir localisé. Il a bien séjourné dans tel endroit, mais il n'y est plus depuis longtemps, leur a-t-on dit invariablement. Cela paraît incroyable à une époque où Google Earth peut photographier n'importe qui depuis l'espace en train de tondre la pelouse dans son jardin. Pendant dix ans, avec la terre entière à ses trousses, Ben Laden est resté un fantôme insaisissable. Aucune rançon n'est parvenue à convaincre quiconque de le livrer à la justice. Ben Laden pensait sans doute qu'Allah le protégeait dans sa fuite. Dans un premier temps au moins, ce sont les vieilles traditions d'accueil des Pachtounes et leur code de l'honneur millénaire, le *Pachtounwali*, qui lui ont permis de se soustraire à la justice du monde. Il garantit à quiconque demande l'asile à une tribu sa protection indéfectible. La cavale de Ben Laden a donc pour un temps reposé sur des lois élaborées à une époque où l'Islam n'existait pas…

6

La mort de Ben Laden

Dimanche 1er mai 2011, le jour tombe sur Jalalabad. Deux hélicoptères Black Hawk MH-60 stationnent sur la piste d'une base construite pendant l'occupation soviétique à la périphérie de cette grande ville de l'est de l'Afghanistan. Ils appartiennent au 160e régiment aérien des Opérations spéciales, surnommé « Night Stalkers ». Il est un peu plus de 23 heures lorsque des membres du Seal Team Six, le légendaire et redoutable commando des Forces spéciales américaines, s'approchent à petites foulées des hélicos. Il fait anormalement chaud pour la saison. Les hommes se hissent à bord avec leur paquetage. Les Black Hawk décollent. La nuit est sans lune. Les pilotes naviguent tous feux éteints. À bord, on n'entend que le bruit des turbines. Même le chien Karo, un berger malinois âgé de 4 ans, est si calme qu'on dirait qu'il a pris conscience de l'importance de la mission. Karo doit son nom à une marque de sirop. Lorsqu'il n'était qu'un chiot, il était parvenu à ouvrir une bouteille et à en boire le contenu. Depuis, il est devenu expert en détection d'explosifs...

Les deux appareils prennent de l'altitude pour franchir une série de sommets enneigés. Ils s'engouffrent ensuite dans une vallée. Devant eux, le Pakistan. En théorie, les radars devraient les détecter, mais leur fuselage est recouvert de la même céramique que les avions furtifs. Les Américains savent aussi que depuis vingt ans, le Pakistan protège bien mieux sa frontière est, face à son ennemi historique, l'Inde. Pour rendre les Black Hawk absolument indétectables, ils ont déployé un système de brouillage à grande échelle. La tour de contrôle de l'aéroport de Peshawar le repère sans pouvoir déterminer d'où provient le black-out soudain de ses radars. D'un bout à l'autre, les Pakistanais resteront dans l'ignorance de cette mission. Encore 180 kilomètres à parcourir jusqu'à Abbottabad. Depuis le début de la guerre, sur quelque deux mille missions qu'ils ont conduites, les Seals n'ont fait qu'une dizaine d'incursions dans le pays. Ce soir, c'est la première fois qu'ils auront Crankshaft dans leur viseur depuis sa fuite à Tora Bora, en novembre 2001. *Crankshaft* (« vilebrequin »), c'est le surnom qu'ils donnent à Ben Laden.

Les deux Black Hawk filent à vive allure vers le sud, à une altitude si basse qu'ils frôlent parfois la cime des arbres. Ils suivent le cours des rivières pour masquer leur itinéraire. Pendant tout le voyage, Michael, le chef du Red Squadron des Navy Seals, est assis au milieu de ses hommes. Vêtu d'un tee-shirt et d'un pantalon camouflage désert, Michael porte à la ceinture un pistolet SIG Sauer P226 avec silencieux et plusieurs chargeurs. Accroché à son dos, en plus de son sac d'hydratation de marque Camelback, il a un fusil M4 à canon court. Les autres ont opté pour un Heckler & Koch MP7A1. Il a aussi sur lui des barres de céréales et un kit de première urgence. Dans sa poche, plié en quatre, un plan dessiné à main levée de la villa dans laquelle ils vont bientôt pénétrer ainsi que des photos légendées des personnes censées s'y trouver. Michael se remémore un à un les détails de l'opération. Tout a été revu au millimètre. On est allé jusqu'à recréer en Caroline du Nord une réplique de la maison de Ben Laden, que les Seals ont prise d'assaut des dizaines de fois. Bientôt, chacun accomplira sa tâche. Ces hommes ont tous la trentaine largement dépassée. On les croise parfois sur les bases militaires, habillés en civil, casquettes de baseball et barbes fournies. Identité, grade, spécialité : tout est caché. Leurs épouses et leurs enfants ne savent jamais où ils vont et ce qu'ils font. Même leur mort est codée : quand l'un d'eux tombe, le communiqué du Pentagone concède, laconique, un décès lors d'« un incident dans l'est de l'Afghanistan ». C'est par ces mots qu'on sait qu'un Navy Seal a été tué.

Minuit et demi. Les lumières d'Abbottabad apparaissent dans le lointain. Pour dissimuler leur approche, les pilotes longent la chaîne de montagnes du Pir Panjal au nord-est de la ville, puis ils prennent au sud, volant en rase-mottes au-dessus des collines. Au dernier moment, ils obliquent vers le centre-ville. Tim se penche à travers la porte ouverte. Tim, c'est l'autre officier. Il dirige les membres du commando de Razor One, le premier hélicoptère. Son équipe doit être déposée sur le toit tandis que Razor Two larguera le chien Karo et quatre Seals à l'extérieur du périmètre de la villa.

Les Black Hawk entament leur descente. Tim vérifie la potence et le filin qu'ils utiliseront pour glisser jusqu'au sol. Puis il attend l'ordre de démarrer le câble. Mais il ne vient pas. Quelque chose cloche. Razor One descend beaucoup trop vite. La masse noire du mur d'enceinte se rapproche dangereusement. Tim met sa tête dans ses mains et se recroqueville en attendant le crash.

Il est environ 14 heures à Washington lorsque Barack Obama rentre de son habituelle partie de golf sur la base aérienne d'Andrews, dans le Maryland. Le golf est sa passion. Des journalistes de CNN se sont amusés à calculer le nombre de parcours effectués depuis qu'il est président : plus de trois cents parties, soit presque une par jour... La veille, il a donné le feu vert pour l'opération baptisée « Trident de Neptune ». « *It's a go* », a-t-il dit à ses conseillers. Le président américain range ses clubs, prend une douche et avale un morceau. Puis il rejoint dans les sous-sols de la Maison-Blanche le vice-président, Joe Biden, le secrétaire à la Défense, Robert Gates, la secrétaire d'État, Hillary Clinton, le chef d'état-major des armées, l'amiral Mullen, ainsi qu'une poignée de conseillers. Ce qu'ils découvrent à l'écran les horrifie

Razor One a été pris dans une spirale. Ce phénomène est dû en partie à l'effet de la chaleur qui crée un courant ascendant le long des hauts murs. Personne ne l'avait prévu, la reproduction de la villa en Caroline du Nord laissait l'air circuler entre les murs... Malgré ses efforts, le pilote est incapable de reprendre le contrôle. Au dernier moment, il pique du nez pour empêcher l'appareil de se retourner. L'hélicoptère se brise en deux contre le mur d'enceinte de la villa. Les Seals parviennent à s'en extraire et se déploient dans la boue, entre les poules et les vaches qui protestent devant ce réveil brutal.

Le pilote de Razor Two a vu son collègue s'écraser. Par prudence et redoutant un tir venu de la villa, il a choisi de se poser dans un champ de l'autre côté de la rue. Le commando est donc séparé. Rien ne se passe comme prévu. À la Maison-Blanche, au Pentagone, à la CIA, pendant de longues minutes, c'est le flou complet et l'angoisse... C'est alors qu'on entend la voix de l'amiral William McRaven, alors chef du JSOC, qui a pris la suite de McChrystal en juin 2008. Il dirige l'opération depuis la base de Jalalabad. Il s'adresse à Leon Panetta, alors directeur de la CIA: «Nous évaluons la situation. Directeur, comme vous pouvez le voir, nous avons un hélicoptère à terre dans la cour. Mes hommes ont été préparés à cette éventualité, ils vont s'adapter.» En effet, les Seals reprennent le contact radio. Ils poursuivent l'opération. Ils posent un pain de plastic C-4 contre la porte d'une dépendance de la villa. Celle-ci explose. Ils se précipitent à l'intérieur. Un homme fonce vers eux, une kalachnikov à la main. Il est abattu. C'est Abou Ahmed, l'agent de liaison de Ben Laden, celui qui a passé dix ans à le cacher.

De l'autre côté de la villa, les Seals de Razor Two font eux aussi sauter une porte. Les deux groupes du commando se retrouvent et font alors exploser l'entrée du bâtiment principal. Un autre homme apparaît, abasourdi par le bruit de la déflagration. Il n'a pas le temps de réagir. Il a le bras derrière le dos. Peut-être cache-t-il une arme?

«*Take him down*», dit Michael. Il est abattu à bout

portant. Il n'était pas armé. Le rythme s'accélère. Le commando investit les étages. Les cages d'escalier sont bloquées. Une silhouette apparaît en haut des marches, une arme à bout de bras. Nouveau coup de feu. L'homme s'effondre. C'était Khalid, un des neuf fils de Ben Laden, âgé de 23 ans. Au premier et au deuxième étage, ils ne trouvent que des femmes et des enfants. Cinq hommes occupaient les lieux. Trois sont morts. Le quatrième, Hamza, un autre fils de Ben Laden, est absent. Il reste à trouver le leader d'Al-Qaida. Trois Seals parviennent à l'étage supérieur de la maison. Ils font irruption dans le hall en faisant sauter une grenade. Ben Laden passe la tête à un balcon. Une balle l'effleure. Lorsque les Seals font irruption après avoir cassé la porte, Sadah, son épouse, se précipite vers eux. Une balle dans la jambe la fauche. « J'ai identifié Geronimo », dit Robert O'Neil, un des Seals en pointant le laser de son arme sur le torse de Ben Laden. Deux coups de feu retentissent. Ben Laden s'écroule, une balle dans le torse et une autre en pleine tête. « Geronimo EKIA. » EKIA pour *Ennemy Killed In Action*. L'opération a duré moins de dix-huit minutes.

Lorsque, lors de notre rencontre, trois mois plus tôt, en février 2011, j'avais émis l'hypothèse devant Pervez Musharraf que son pays abritait le chef d'Al-Qaida, il s'était mis en colère : « Qui vous le dit ? Pourquoi ne se cacherait-il pas en Afghanistan ? Je demande des preuves. Je pourrais tout aussi bien dire qu'il se planque en Somalie. Mais je n'en ai aucune preuve non plus. »[1] Quand on a Musharraf face à soi, on se dit qu'il en sait sans doute beaucoup sur Ben Laden... Quelques semaines plus tard, on découvre que Ben Laden se terrait à Abbottabad, à quelques kilomètres seulement du Saint-Cyr pakistanais, d'où Musharraf était sorti jeune officier...

En apprenant la nouvelle, Barack Obama déclare : « *We got him* » (on l'a eu). Les mêmes paroles, exactement, que celles prononcées par le proconsul américain en Irak, Paul Bremer, à l'annonce de la capture de Saddam Hussein six ans plus tôt. On sait aujourd'hui que la mort de ces deux hommes n'a absolument rien changé dans la longue guerre contre les djihadistes. Voici pourquoi.

1. Régis Le Sommier, « Musharraf soutient le "Printemps arabe" », entretien, *Paris Match*, 18 février 2011.

7

La vengeance de Saddam Hussein

Comme toutes les langues, l'arabe parlé en Irak comporte ce qu'on appelle des archaïsmes, des mots ou des expressions qui ont perduré jusqu'à aujourd'hui sans que l'on sache toujours pourquoi. En Irak, le mot *sahel* en est un. Il signifie « marquer la défaite totale et l'humiliation de quelqu'un en traînant sa dépouille dans les rues »[1]. Dans le monde arabe, on dit que l'Irak est le « pays du *sahel* ». Cette pratique barbare s'est encore déroulée dans l'histoire récente : en 1958, à la suite d'un coup d'État militaire marquant la fin de la monarchie, Nouri Saïd, l'ancien Premier ministre, « l'homme de la puissance coloniale britannique » honni par la population, tente de fuir Bagdad déguisé en femme. Repéré, il est exécuté. Son corps démembré est jeté dans la rue.

1. Edward Wong, « Iraq's Curse : A Thirst for Final, Crushing Victory », *New York Times, Week in review*, 3 juin 2007.

La famille royale irakienne subira le même sort peu après.

Le fait que le mot *sahel* existe toujours en irakien contemporain en dit long sur la perception du pouvoir et sur les rapports qu'entretient le peuple avec lui. Quitte à contredire George W. Bush qui, depuis Washington, a entrepris de faire de ce pays l'aiguillon de la démocratie au Moyen-Orient, l'Irak n'était pas le champ d'expérimentation idéal, et l'armée américaine l'organisation la mieux équipée pour accompagner ce changement. Pour comprendre les difficultés rencontrées par les Américains après l'invasion de 2003 et celles qu'ils connaissent aujourd'hui face à Daech, il est nécessaire de revenir sur les trente-cinq ans de règne de Saddam Hussein.

Le 18 juillet 1979, le gouvernement irakien et l'élite du parti Baas sont réunis au grand complet à Bagdad. Saddam monte à la tribune. Il porte un costume sombre et tient à la main un cigare. Il vient pour succéder à son cousin, le général Al-Bakr, prié poliment de se retirer de la présidence deux jours plus tôt en raison d'une santé jugée précaire… En réalité, alors qu'il n'est officiellement que le vice-président, Saddam est le maître de l'Irak depuis 1968. Son ascension au rang de président de l'Irak doit lui servir à asseoir son pouvoir définitivement. « Président de l'Irak » : il chérira ce titre jusqu'à son dernier souffle. Lorsque, le 16 décembre 2006, des miliciens chiites lui passeront la corde autour du cou en criant le nom de l'imam Mohammed Bakr Al-Sadr qu'il a fait exécuter en 1980 en lui enfonçant des lames de métal dans le crâne, le dictateur déchu leur répondra : « Je suis le président de l'Irak. »

À la tribune, le jour de son accession à la magistrature suprême, Saddam est triste. Il caresse son cigare, les yeux dans le vide. Un silence s'installe. « Le pire est arrivé, annonce-t-il. Une trahison, un complot qui vient de Syrie. » Encore un sale coup du frère ennemi baasiste, le régime d'Hafez El-Assad, se dit-on dans l'assemblée. Tout au long de son règne, Saddam n'aura de cesse de voir la Syrie derrière tout ce qui menace l'Irak, à égalité avec l'Iran et Israël. « Les traîtres sont dans la salle », annonce Saddam. Stupeur ! On se regarde. La peur s'invite. « Les portes sont gardées, dit-il. Ils ne s'échapperont pas. » Du fond de la salle, on fait venir, menotté, Mohil Mashadi, le secrétaire général du Conseil de commandement révolutionnaire. Mashadi avoue sa trahison. Il a renseigné Damas. Il dit quand, quels étaient ses intermédiaires syriens et, surtout, qui sont ses complices à l'intérieur du parti Baas. Et, à chaque fois, les gardes s'emparent des coupables qu'ils poussent à l'extérieur de la salle à coups de pied ou en les traînant par les cheveux. « Dehors ! Dehors ! » lance Saddam quand l'un d'eux crie pitié. En tout, il y aura soixante inculpés, dont des proches du président irakien. À la tribune, ce dernier pleure maintenant à chaudes larmes. Et on pleure avec lui, puis on applaudit : c'est le soulagement pour les quelque trois cents dignitaires épargnés par la purge.

Dans les semaines qui suivent, le sang coule à flots dans les rues de Bagdad. C'est un *sahel* collectif, quotidien. Les dignitaires sont invités à prendre leur place au sein des pelotons d'exécution. Saddam lui-même se joint aux réjouissances. Par ce pacte de sang, il scelle sa prise de pouvoir. Un début de règne à l'image du personnage, théâtral, cruel et fou… et qui tient à le faire savoir. Toute ces scènes sont filmées. Dans le pays, la cassette VHS circule.

Le règne de Saddam Hussein est marqué par bien d'autres épisodes sanglants. Le conflit avec l'Iran, qui aura duré huit ans, fait un million de morts dans les deux camps, sans compter les estropiés, les gueules cassées. À l'armistice en 1988, Saddam décide de se venger sur les Kurdes, coupables selon lui d'avoir aidé les Iraniens. Il y a du Staline chez Saddam, par exemple, dans sa volonté d'écraser ou de déporter ses ennemis, réels ou imaginaires. Son armée, sous la houlette de Ali Hassan Al-Majid, qui gagne dans cette opération le doux surnom d'Ali le Chimique, bombarde les villes kurdes avec un mélange de gaz moutarde et de substances neurochimiques. Dans le village d'Halabjah, cinq mille personnes périssent ainsi. On rassemble les survivants autour de fosses puis on les mitraille jusqu'à ce qu'ils les remplissent de leurs cadavres. Cette campagne, baptisée *Anfar* (Prise de guerre), se solde par cent quatre-vingt mille morts.

En novembre 2006, quatre semaines avant son exécution, j'ai assisté aux dernières séances du procès de Saddam. Il avait déjà été condamné à mort pour le massacre de cent quarante-huit villageois chiites à Doujaïl en 1982 et attendait l'exécution de la sentence. Dans l'intervalle, on continuait de le juger pour le massacre des Kurdes. Des hommes défilaient à la barre pour raconter pendant des heures comment, enfants, ils avaient échappé aux balles des hommes d'Ali le Chimiste en sautant dans les fosses et en se cachant sous les cadavres de leurs parents. Saddam ne semblait pas affecté par l'énoncé des horreurs qu'il avait lui-même ordonnées. Une fois, je l'ai surpris en train de prier. Sans quitter son siège, les paumes ouvertes, il se tournait vers La Mecque et opinait de la tête.

Après celui des Kurdes, vint le tour des chiites. En 1991, alors que la coalition vient de libérer Koweït City, les chiites imaginent qu'elle va gagner Bagdad pour renverser le régime irakien, et ils se soulèvent. Mais l'Occident les abandonne. Ce même Occident qui est indirectement responsable de l'invasion du Koweït par l'Irak... En effet, après avoir soutenu le régime de Saddam face à la menace iranienne en lui offrant un arsenal militaire colossal par le biais de prêts, les États-Unis ont obligé Saddam à rembourser. Confronté à un pays ruiné par la guerre, Saddam Hussein a envahi le Koweït. Malgré leurs pressions financières, il pensait que les Américains le laisseraient faire. Or, ceux-ci changent leur fusil d'épaule.

Chassé du Koweït, le dictateur irakien décide de se venger sur les chiites. La répression est sanglante. Reprenant une rhétorique sectaire ancienne, Saddam Hussein les accuse de ne pas être d'« authentiques Irakiens » ni de « vrais Arabes ». Bien que composant près de 65 % de la population, les chiites irakiens ont toujours été considérés comme une minorité. Il existait, depuis la naissance de l'État irakien, en 1921, une nationalité de type A, dite de « rattachement ottoman », désignant les sunnites, et une nationalité de type B, dite de « rattachement persan », qui considérait implicitement les chiites comme des Perses, donc des Iraniens[1]. Lors de cette répression, dans tout le pays,

1. Pierre-Jean Luizard, *Le Piège Daech : l'État islamique ou le*

mais surtout dans les marais du Sud, entre l'Euphrate et le Tigre, deux cent mille personnes périssent. Si on additionne victimes kurdes et chiites, on frôle les quatre cent mille morts en à peine trois ans…

Ces horreurs, Saddam Hussein ne les a pas commises seul. Pour asseoir son pouvoir, il s'est naturellement appuyé sur sa communauté d'origine, les sunnites. Ces derniers représentent 20 % environ de la population irakienne, contre 60 % de chiites donc et 15 % de Kurdes auxquels il faut ajouter les Turkmènes, les chrétiens et les Yézidis. Durant son règne, quiconque rêvait de s'élever devait appartenir au parti Baas qui, de n'importe quel juge au plus petit fonctionnaire, contrôlait tous les rouages de la société. Dans l'armée, c'était la même chose. Le groupe des officiers était dominé par les sunnites, et les chiites composaient la majorité des soldats de base, ceux qu'on envoyait se battre contre leurs coreligionnaires iraniens. Il en allait de même pour l'appareil répressif.

On a longtemps sous-estimé la redoutable efficacité du système mis en place par le Raïs irakien pour asseoir son pouvoir et le conserver. On a eu tort également de sous-estimer ses forces militaires, que l'Occident

---

retour de l'Histoire, Paris, La Découverte, 2015 (chap. 3 : « En Irak, un État contre sa société »).

n'a pas cessé d'armer pendant les huit années de conflit avec l'Iran. Une partie de notre difficulté à comprendre l'émergence de Daech provient de cet entêtement à refuser de reconnaître que l'armée irakienne était excellente. Paranoïaque à l'extrême, Saddam Hussein redoutait plus que tout un complot de la majorité chiite, ou de la minorité kurde. Il ne faut pas oublier que les sunnites sont très minoritaires en Irak. Pour parer à cette éventualité, des caches d'armes et d'explosifs avaient été disposées dans le pays à usage des forces paramilitaires du régime, et ce, bien avant la menace de l'invasion américaine. Si Saddam Hussein a caressé un moment l'idée de se doter d'armes de destruction massive, c'est parce que, derrière les chiites, il voyait d'instinct l'ennemi iranien. Ce n'est pas, comme on l'a entendu en prélude à l'invasion américaine de 2003, parce qu'il projetait de frapper New York… On a vu en lui une menace planétaire ; il n'avait que des visées régionales. Saddam Hussein ne fut pas le seul à agir de cette façon. Craignant une invasion du grand frère soviétique, le maréchal Tito avait lui aussi essaimé des caches d'armes. À sa mort, elles alimenteront les divers groupes ethniques et la fédération yougoslave partira en lambeaux.

En occupant l'Irak, les Américains semblent ignorer tout cela – ou en tout cas, l'avoir oublié. Ils commettent trois erreurs magistrales. D'abord, ils ne déploient pas assez de soldats. En 2002, le général Eric Shinseki, alors chef d'état-major de l'armée, estime qu'il faudrait quatre cent mille hommes pour occuper le pays. Le secrétaire à la Défense Donald Rumsfeld a une autre appréciation. Aussi le limoge-t-il. Au plus fort de l'occupation, la coalition ne dépassera pas trois cent mille hommes. Deuxième erreur, le chef de la CPA (Coalition Provisional Authority), l'administration civile mise en place après la phase d'invasion militaire, Paul Bremer, décrète la « débaassification » de l'armée. Il offre ainsi des leaders à l'insurrection. Il proclame aussi son démembrement. Encouragés à retourner chez eux sans solde mais avec leurs armes, les hommes de troupe peuvent à leur tour rejoindre les rangs de l'insurrection… George W. Bush, enfin. Croyant dur comme fer, sans doute par manque de formation historique, que l'élection consacre la démocratie, il en précipite la date. En janvier 2005, la communauté sunnite, terrorisée par les menaces de Zarqaoui d'attaquer les bureaux de vote, mais surtout furieuse d'avoir perdu le pouvoir, décide de les boycotter. Elle ne le sait pas encore, mais en agissant ainsi, elle dilapide presque tout son capital politique. En boudant les urnes, elle permet l'accession au pouvoir des chiites et leur contrôle progressif de tous les rouages, à l'exception des territoires dominés par les sunnites qui, eux, basculent dans la violence. Pour les sunnites, ces élections sont aussi le symbole d'un cadeau fait à l'ennemi héréditaire iranien. Tous les leaders portés aux commandes du nouvel Irak par les Américains ont des liens étroits avec l'Iran, de Abdul Aziz Al-Hakim et sa brigade Badr jusqu'à Moqtada Al-Sadr et son armée du Mahdi en passant par le Premier ministre Nouri Al-Maliki. Chassés par Saddam Hussein, Al-Hakim et Al-Maliki y ont même vécu en exil. Sur le terrain, la cinquième colonne iranienne est à la manœuvre. Derrière les miliciens chiites, on trouve le général Qassem Soleimani, le chef des Qods, les gardiens de la révolution. Les souvenirs de la sanglante guerre des années 1980 sont encore vifs dans l'esprit des militaires irakiens. Cette présence accrue de l'Iran dans les affaires intérieures irakiennes contribue à convaincre les derniers sunnites d'une trahison au sommet. Bien décidés à prendre leur revanche, à reconquérir ce pouvoir qu'on leur a confisqué et qu'ils ont occupé pendant trente-cinq ans, les fidèles de Saddam rallient peu à peu le groupe jugé le plus efficace : Al-Qaida en Irak.

8

Le plan

Il s'appelait Samir Abd Muhammad Al-Khlifawi. Visage émacié, la cinquantaine grisonnante, une légère barbe, il a été officier des renseignements dans l'armée de l'air de Saddam Hussein avant l'invasion de l'Irak. En 2003, comme environ quatre-vingt mille membres des *moukhabarat,* les services de renseignements, des *fedayin* et autres miliciens supplétifs de l'armée, il subit les conséquences de la débaasification ordonnée par Paul Bremer. Le « colonel Samir » se retrouve au chômage. Il ne tarde pas à rejoindre les fidèles de Saddam dans la clandestinité. Au sommet de cette armée clandestine, on trouve Izzat Ibrahim Al-Douri. Il est le roi de trèfle dans le jeu de cartes américain des hommes les plus recherchés depuis la chute du régime irakien. Al-Douri dirigeait auparavant la contrebande dans le pays pour le compte de Saddam, à l'époque des sanctions de l'ONU après la première guerre du Golfe. Il est désormais à la tête d'un ordre ésotérique soufi, l'armée des *Naqshbandi*. En gagnant la clandestinité, Saddam Hussein lui a confié les clefs du parti Baas. À sa mort, il en devient le secrétaire. Il scelle l'alliance avec les djihadistes.

Si la vision du pouvoir sous Saddam et celle de Zarqaoui semblent aux antipodes, elles se rejoignent dans la conviction qu'un petit groupe d'individus rationnels et bien formés peut contrôler une population. Sous la dictature, de nombreux membres des services chargés d'espionner tous les secteurs de la société ont infiltré les mouvements salafistes. Ils les connaissent très bien, une bonne partie d'entre eux ayant, déjà à l'époque de Saddam, subit leur influence. Dans la défaite et face à l'Irak occupé, ce qui importe en fin de compte, c'est la tribu, le clan et l'identité arabe sunnite. Le colonel Samir prend pour nom de guerre « Haji Bakr », et c'est ainsi qu'il se fait appeler au sein de l'État islamique jusqu'à sa mort, un matin de janvier 2014. Ce jour-là, les rebelles qui l'abattent après un bref échange de feu sur la localité syrienne de Tal Rifaat, au nord d'Alep, ne savent pas à qui ils ont affaire…

Haji Bakr possédait chez lui un fascicule de trente et une pages. Ces notes secrètes, le journaliste Christoph Reuter du magazine *Der Spiegel* y a eu accès[1]. Elles ont

1. Christoph Reuter, « The Terror Strategist: Secret Files Reveal the Structure of Islamic State », *Der Spiegel*, 18 avril 2015.

permis de reconstituer son parcours. À l'hiver 2012, Haji Bakr se rend en mission en Syrie. Au départ, il s'agit d'établir un bureau de recrutement dans les zones rebelles. Un homme de confiance sert d'espion à l'organisation. Il est chargé de dresser la liste des familles les plus puissantes en précisant leurs sources de revenus, celle des diverses organisations rebelles qui contrôlent les villages et de leurs leaders, ou encore les activités contraires à la loi islamique auxquelles ils s'adonnent et dont on pourra se servir pour les faire chanter… Haji Bakr évoque aussi la sélection d'un certain nombre d'hommes pour épouser les filles de ces puissantes familles de façon à pouvoir, bientôt, les contrôler de l'intérieur.

L'idée générale est d'exploiter la moindre faille au sein de ces organisations familiales, à son avantage, bien sûr. Il s'agit de profiter des rivalités entre groupes rebelles. Tous les secteurs sont auscultés : finances, éducation, médias, transports. Pour le recrutement des espions, Bakr dispose de ressources financières importantes qui viennent de généreux donateurs originaires des monarchies du Golfe. C'est un des principaux atouts de l'État islamique, comme se nomme désormais la branche d'Al-Qaida en Irak par rapport à ses rivaux. Une fois les leaders en place et les points faibles évalués, il faut peu à peu instiller une peur paranoïaque dans la population, et ce, à tous les niveaux. Bakr ne fait là que répliquer le système bien rodé par les services de Saddam où, du bas jusqu'en haut de l'échelle, chacun craignait d'être espionné, et surtout de disparaître. Les tribunaux de la charia se chargent de mettre en coupe réglée la population. Ils régentent tout au nom de la piété et de l'observation stricte de la parole du prophète.

Ces écrits confirment ce qu'on soupçonnait depuis longtemps déjà, à savoir le rôle des fameux officiers baassistes dans la genèse de Daech et dans son déploiement fulgurant. C'est l'alliance incongrue, et contre-nature en apparence, des militaires du Baas laïque et des fanatiques religieux de Zarqaoui. Les notes dévoilent toute la froideur méthodique que revêt cette conquête du pouvoir. Celle-ci se révèle être, en fin de compte, l'expression de la revanche sunnite. Au long de ces trente et une pages, il n'est question que de cela. La religion est à peine mentionnée. Elle n'est ni un vecteur, ni une finalité, juste une opportunité. C'est le pouvoir qui est visé. Dans ce document, il n'est question que de recommandations pour soumettre un pays. C'est le plan de marche d'une des plus impressionnantes organisations terroristes de l'histoire.

9

Le calife

Cette organisation méthodique de conquête du pouvoir qui donnera naissance à Daech a vu le jour à Camp Bucca, au sud de l'Irak, et dans la tristement célèbre prison d'Abou Ghraib, à l'ouest de Bagdad. Sous les yeux des matons de la police militaire américaine, Haji Bakr s'est tissé de solides connexions avec les leaders insurgés. Dès 2005, le général McChrystal saisit l'effet pervers du système de détention américain en Irak. « Camp Bucca, remarque-t-il, a regroupé jusqu'à dix-huit mille prisonniers. Suivant un modèle classique de contre-insurrection, les États-Unis utilisaient la détention pour réduire la violence à court terme. Bien qu'en effet, cela permît de soustraire des combattants du théâtre des opérations, ces centres de détention devinrent des incubateurs pour l'insurrection, des lieux où celle-ci grandit en intensité et en adhésion, et où des djihadistes expérimentés en profitaient pour radicaliser de jeunes

Irakiens. »[1] Nommé en hommage à Ronald Bucca, un pompier mort dans les « Twin Towers » le 11 septembre, Camp Bucca est aussi le lieu où est détenu le futur calife, Abou Bakr Al-Baghdadi, et la plupart de ceux qui formeront sa garde rapprochée.

Ibrahim bin Awad Al-Badri, alias Abou Bakr Al-Baghdadi, est né en 1971 dans une banlieue de Samarra, dans la province de Salah ad-Din, une zone mixte où cohabitent sunnites et chiites. Bien qu'elle ait été omniprésente dans sa vie, la religion n'occupe pas tout l'esprit du jeune Ibrahim. Il y a aussi le football. Il dribble plutôt correctement. Il est même un excellent buteur, au point de revendiquer le titre de « Maradona irakien ». Pour quelqu'un qui aura plus tard l'outrecuidance de se proclamer calife, et donc commandeur de tous les musulmans, c'est un excellent début. Abou Bakr Al-Baghdadi est plutôt bon élève. À Bagdad, son admission à l'Université des sciences islamiques d'Adhamiya, un quartier situé au nord-ouest de Bagdad, est due en partie aux relations que sa famille possède avec le parti Baas. Un détail qui a son importance. Baghdadi habite alors à Tojbi, un quartier proche du centre-ville et

1. General Stanley McChrystal, *My Shave of theTask: a Memoir*, Porfolio, janvier 2014.

qui mêle à l'époque populations sunnites et chiites. En dehors de ses études, il travaille comme tailleur. Au cours de ses années d'université, il tombe sous l'influence des Frères musulmans, notamment grâce à son professeur, le Dr Ismail Al-Badri. Il est loin d'être un de leurs plus virulents adeptes. Si, au moment de l'occupation américaine, Baghdadi adhère à un groupe d'insurgés, *Jaish Ahl al-Sunnah Wal Jamaah* (Armée du peuple de la sunnah et de la communauté), c'est sans manifester d'activisme particulier. Il ne prend pas part à la lutte armée. Baghdadi est plutôt du genre mesuré, en apparence...

Il est arrêté à Falloujah en février 2004, en compagnie d'un homme suspecté de terrorisme par les Américains. On l'emprisonne à Camp Bucca pour ses liens avec l'insurrection. Il va y passer un an. À cause de son air sage, accentué par ses petites lunettes, et surtout de ses solides connaissances en sciences religieuses, les Américains s'appuient sur lui pour régler les conflits avec ou entre détenus. Sa pratique du football facilite le contact. Certains prisonniers se souviennent encore de ses prouesses un ballon au pied. Comme autrefois Zarqaoui à la prison de Saqwa, Baghdadi excelle bientôt dans la manipulation des détenus et des gardiens. Au sein de la prison, son rôle le place en contact direct avec d'anciens officiers de renseignements de Saddam Hussein. À Camp Bucca,

Baghdadi se constitue un important réseau relationnel, comme l'avait fait Ben Laden pour Al-Qaida en Afghanistan. Les prisons américaines offrent aux extrémistes la possibilité de se réunir comme jamais ils ne l'auraient fait à l'extérieur, où le danger lié aux conditions de guerre rend toute réunion risquée. Le projet du futur État islamique prend ainsi forme grâce à la coexistence derrière les barreaux d'une multitude d'éléments sunnites qui choisissent de mettre de côté leurs différences pour réfléchir ensemble à la meilleure façon d'exercer leur vengeance.

Abou Bakr Al-Baghdadi sort de prison avec la conviction que l'avenir réside dans une organisation qui unifiera avec force la communauté sunnite, et non dans une fédération de multiples groupes existants. C'est comme cela – et Baghdadi l'a peut-être en tête – que les bolchéviques se sont hissés au pouvoir en Russie autrefois. Cette ligne restera de bout en bout celle de l'État islamique.

Le plan est donc conçu derrière les barreaux. Il reste à trouver l'opportunité de l'appliquer. En 2011, au moment du retrait des Américains d'Irak, l'État islamique, l'ancienne antenne d'Al-Qaida en Irak, n'est pas assez solide pour affronter le gouvernement irakien. Son territoire se résume à quelques bastions dans la province de Diyala et au nord, dans la ville de Mossoul. Il a disparu de Bagdad et de la province d'Anbar où, quelques mois plus tôt, il dominait l'insurrection. En cinq ans de guerre, il n'a pas réussi à chasser les Américains. Il n'est pas non plus parvenu à empêcher les chiites de consolider leur pouvoir. Harcelée par les Forces spéciales dont les raids nocturnes font des ravages, l'organisation perd beaucoup de ses cadres. Le phénomène va s'accélérer encore. Pendant la Seconde Guerre mondiale, le déchiffrage du code de la machine Enigma permit de localiser les U-Boot allemands et de les détruire. Le code, cette fois, ce sont les tribus sunnites. Elles se sont retournées contre Al-Qaida dans le cadre du *Sahwa* (le Réveil sunnite). Du jour au lendemain, des combattants qui étaient dans le camp d'Al-Qaida se retrouvent aux côtés des Américains. Et ils n'hésitent pas à livrer leurs anciens alliés. Les dirigeants de l'État islamique tombent comme des mouches.

Cette période de déroute est une opportunité pour Baghdadi. Ne figurant pas au sommet de la hiérarchie, il profite du vide laissé par les caciques éliminés pour rassembler les restes de l'organisation derrière son nom – un nom qui sonne irakien. Surtout, il parvient à s'imposer avant que Ben Laden et Zawahiri n'aient le temps de nommer un de leurs hommes. Les nouveaux cadres de l'État islamique sont endurcis et motivés. Leur expérience de lutte contre les Américains leur a appris à constituer un groupe hermétique au monde extérieur, dont le secret est la clef. Son fonctionnement intrinsèque échappe à la compréhension des Occidentaux. Il reste à trouver un prétexte pour motiver les troupes. Le gouvernement irakien va le fournir à Baghdadi.

Après le départ des Américains en 2011, le gouvernement Maliki refuse d'inclure à la nouvelle nation irakienne les tribus qui ont fait le choix du Sahwa. Les financements disparaissent. Les sunnites se retrouvent dans une posture de citoyens de seconde zone. À l'opposé, les chiites savourent leur nouveau pouvoir. Avec les Kurdes, autonomes au nord, ils se partagent les revenus du pétrole. Or du pétrole, il n'y en a pas une goutte en Anbar, la province qui concentre le plus de sunnites. Dans le même temps, avec la réduction de la violence dans le pays et le transfert des prisons aux autorités irakiennes, une bonne partie des détenus d'Al-Qaida, y compris des cadres de moindre importance tel l'ancien chauffeur de Zarqaoui, sont libérés. Et quand l'administration pénitentiaire rechigne, la corruption fait le reste. En Irak, il a toujours été possible de payer pour sortir de prison…

En 2011, la guerre civile en Syrie apparaît comme la première opportunité d'application du plan de Daech. L'organisation dispose de leviers puissants en Irak, comme le sentiment d'ostracisme et le désir de revanche. En Syrie, elle tire avantage d'un chaos progressif qui, peu à peu, au-delà d'une révolte contre la dictature de Bachar El-Assad, se transforme au nord-est du pays en un affrontement entre sunnites et alaouites, la secte apparentée au chiisme à laquelle appartient la famille du président syrien. Le gouvernement d'el-Assad réagit brutalement au mouvement populaire de contestation qui a gagné le pays. Même si, dès le départ, l'hostilité à l'égard des forces de l'ordre existe, le caractère inflexible et l'absence de compromis ne font que renforcer l'insurrection.

On l'oublie souvent, mais bien avant la Tunisie, le premier Printemps arabe a eu lieu en Syrie. Au début des années 2000, Bachar El-Assad vient de succéder à son père. Soucieux d'apparaître comme un président moderne et d'imprimer sa marque, il pratique l'ouverture en tolérant des regroupements, baptisés *montada*, sorte de forums de discussion entre opposants qui ont lieu dans des habitations privées, un peu partout dans le pays[1]. Des éléments du régime y participent aussi, bien qu'en réalité ce soit surtout pour eux un moyen de surveiller ce qui s'y dit. Le vent de liberté ne dure pas. Mis en garde

1. Jean-Pierre Perrin, *La mort est ma servante: lettre à un ami assassiné, Syrie, 2005-2013*, Paris, Fayard, 2013.

par les composantes les plus dures de son régime, inquiété par l'élection du faucon Ariel Sharon chez l'ennemi israélien et par l'affirmation de sentiments anti syriens dans le Liban occupé, Assad finit par annoncer la fin des réformes. Dix ans plus tard, au printemps 2011, il répond par la force aux manifestations. Les sunnites, qui composent environ 75 % de la population syrienne, subissent le plus durement la répression. En un sens, le régime ne fait que réitérer ce qui s'est produit en 1982 dans la ville de Hama. À l'époque, Hafez El-Assad, aidé dans cette tâche par son frère Rifaat, avait fait bombarder la ville suspectée d'être aux mains des Frères musulmans – une manière très soviétique de régler les problèmes. La répression sanglante, dirigée contre les sunnites essentiellement, a fait au bas mot trente mille morts. Depuis cette époque, de nombreux militants ont été incarcérés, notamment dans la terrible prison de Palmyre. Le régime syrien s'est depuis toujours présenté comme un rempart contre les islamistes radicaux.

Avec l'invasion américaine de l'Irak voisin, les Syriens sont persuadés qu'ils sont les prochains sur la liste des pays dans lesquels le gouvernement Bush, sous l'influence des néoconservateurs, entend imposer la démocratie aux forceps. Dès lors se tisse entre le gouvernement et certains groupes radicaux, notamment les réseaux de Zarqaoui, un jeu trouble dans lequel, tout en combattant officiellement l'islamisme, parfois même en livrant des djihadistes notoires aux Américains, la Syrie ferme les yeux sur le transit des combattants, en particulier de kamikazes, vers l'Irak. L'homme clef à la manœuvre n'est autre qu'Assef Chawkat, le beau-frère du président. On trouve aussi Ali Mamelouk, le chef de la Sécurité nationale, celui qui chapeaute l'ensemble des services de renseignements. Le but est de provoquer une détérioration de la situation en Irak pour faire passer aux Américains l'envie de recommencer l'expérience ailleurs. En 2011, face à la révolte, le président syrien fait libérer des prisonniers, dont un certain nombre de djihadistes. L'idée est de radicaliser l'opposition et de réduire l'influence des modérés soutenus par l'Occident.

À la fin de 2012, lorsqu'il pointe discrètement son nez au nord-est de la Syrie, l'État islamique a beaucoup évolué. De Zarqaoui, il a repris à son compte les marques de fabrique d'Al-Qaida en Irak : la violence, la peur et la soumission. Cette fois-ci cependant, Daech ausculte la société syrienne et prend des notes. L'État islamique se présente aux Syriens comme des frères venus apporter leur contribution à la révolution. À cette époque, militants et humanitaires accourent du monde entier pour venir en aide à la rébellion. Daech n'a aucun mal à se trouver une place discrète parmi eux. Lorsque Daech dispose de suffisamment de troupes, l'organisation commence par prendre possession d'un quartier. Elle bloque des rues, marque son territoire en arborant le drapeau noir frappé de la *Chahada*, la profession de foi de l'islam, écrite dans la plus ancienne calligraphie arabe, signe du retour aux sources et à la pureté des origines. Lorsque les rivalités territoriales provoquent trop de heurts, l'État islamique se retire – pour mieux revenir dès qu'une faiblesse apparaît dans le dispositif du camp rebelle. Entre-temps, les leaders récalcitrants disparaissent, selon les bonnes vieilles méthodes chères aux services de Saddam...

L'implantation est parfois facilitée par la désorganisation du camp rebelle. L'expérience de Zarqaoui est utile, celle de l'époque où, au Kurdistan, il surprenait McChrystal et les experts militaires américains par sa capacité à recruter des combattants étrangers. Pour lever son armée en Syrie, l'État islamique utilise le même principe. Il enrôle sous sa bannière les plus radicaux des *muhajirin*. Souvent, ce sont des Tchétchènes, des Saoudiens, des Marocains, des Égyptiens ou des Tunisiens. Ces derniers sont venus si nombreux qu'un militant de Daech ayant fait défection a confié au journaliste américain Michael Weiss que si la Tunisie cherchait à ouvrir une ambassade en Syrie, elle devrait plutôt le faire à Raqqa qu'à Damas...[1] Le plus célèbre de ces *muhajirin* s'appelle Abou Omar Al-Chichani, alias le « djihadiste à la barbe rousse ». De son vrai nom Tarkhan Batirachvili, il est né et a grandi en Géorgie. Il sert un temps dans l'armée, prenant part à la guerre contre la Russie en 2008. Il fait ensuite un séjour en prison pour trafic d'armes. C'est là qu'il se radicalise. À sa sortie en 2010, il gagne la Syrie via la Turquie. Son principal avantage est sa grande expérience de combattant. Si peu de djihadistes ont fait leurs classes contre les Russes en Afghanistan, pléthore de combattants se sont en revanche frottés à eux en Tchétchénie. Ils ont le cuir épais, tout comme leurs « frères » irakiens qui ont résisté à la machine de guerre américaine pendant huit ans. Ces desperados du djihad global ont trouvé au *Sham* (le Levant) leur nouvelle terre de mission. Il leur manque une organisation à la hauteur de leurs ambitions. Certains se plaignent du manque de professionnalisme des groupes rebelles dans leur lutte contre l'armée syrienne. L'État islamique multiplie les camps de formation militaire dans toutes les zones gagnées par la rébellion.

Raqqa est la première grande ville et la première

1. Michael Weiss, « Confessions of an ISIS Spy », *The Daily Beast*, 15 novembre 2015.

capitale provinciale à tomber dans l'escarcelle de la rébellion, puis de Daech. En avril 2013, dix ans après le déboulonnage par les Marines de la statue de Saddam Hussein sur le square Firdos à Bagdad, c'est une statue de bronze d'Hafez El-Assad qu'on abat. Mais cette fois-ci, on la remplace par le drapeau noir frappé de la *Chahada*. Signe des temps, l'étendard tricolore de la République syrienne indépendante dont se réclamait l'opposition a déjà disparu… Le groupe rebelle aux commandes se nomme *Jabbat al-Nusra* (Front al-Nosra). À cette époque, il est l'allié de l'État islamique. Pas pour longtemps. Après une période de *statu quo*, la stratégie de prise de pouvoir se met en place. Les leaders des différents groupes rebelles qui se partagent la ville, mais aussi des personnages influents pouvant présenter une menace, sont kidnappés, puis éliminés. Daech parvient à brouiller les pistes sur l'origine de ces enlèvements, quitte à dresser les différentes unités rebelles les unes contre les autres.

Le 17 octobre 2013, l'État islamique convoque ce qui reste des élites de la ville, officiellement pour une réunion de conciliation. C'est en réalité le début de la prise de pouvoir dans ce qui deviendra la capitale de l'État islamique. Les leaders sont sommés de prêter allégeance – ou bien de quitter la ville sur-le-champ. Les relations se tendent immédiatement avec l'organisation Jabbat al-Nusra. Leur chef, Abou Mohammed Al-Jolani, un élément clef dans la chute de la ville, refuse de prêter allégeance à son ancien camarade Baghdadi, le chef de l'État islamique. Ils se connaissent bien. Baghdadi l'avait même envoyé en mission en Syrie en compagnie d'un autre de ses adjoints, Mullah Fawzi Al-Duleimi. Mais depuis, Jabbat al-Nusra est devenu la branche officielle d'Al-Qaida canal historique, en recevant l'adoubement d'Ayman Al-Zawahiri. Entre Daech et Nosra, les vieilles discordes, mises en lumière par l'affrontement entre Ben Laden et Zarqaoui, sont à nouveau à l'œuvre. Avec elles, ce sont les deux conceptions du djihad qui s'affrontent. Al-Jolani pense pouvoir contrecarrer les plans de l'État islamique en profitant de ses faiblesses. Là où ce dernier joue la carte du takfirisme, Nosra revendique une certaine modération. Là où l'État islamique enrôle des combattants étrangers, Nosra se veut syrien. Là où l'État islamique persécute les minorités, Nosra assure vouloir protéger les chrétiens. Ces déclarations ressemblent surtout à une opération de marketing destinée à séduire l'Occident. Jabbat al-Nusra reste une branche d'Al-Qaida, organisation terroriste qui n'a jamais brillé par ses projets de syncrétisme religieux...

10

Le retour triomphal en Irak

Début 2013, la dynamique change en Irak et la situation redevient favorable aux djihadistes. Les Américains ne sont plus là. Le Premier ministre Nouri Al-Maliki se sent pousser des ailes. Il se passe même d'une présence minimale de troupes américaines. Ce qui convient également au président américain Barack Obama qui met un point d'honneur à respecter la promesse qu'il avait faite pendant sa campagne de ramener les troupes à la maison. Al-Maliki décide d'appliquer une politique ouvertement sectaire à l'égard des sunnites, doublée d'un clientélisme au sujet du pétrole et des denrées de première nécessité, ce qui accentue la corruption, pourtant déjà généralisée. Les populations sunnites en sont les premières victimes.

Le 23 avril 2013, une manifestation est réprimée à l'artillerie lourde à Haouija, près de Kirkouk. Les sunnites ne formulent pourtant que de timides revendications sociales : du pain et du travail. Portés par l'élan des Printemps arabes, ils nourrissent sûrement des rêves de réformes, la fin de l'autoritarisme peut-être, la liberté d'expression et un début d'égalité entre citoyens. Nouri Al-Maliki envoie l'armée, un peu à la manière d'Assad deux ans plus tôt. En décembre 2014, il recommence à Ramadi. Cette fois, l'armée irakienne se révèle incapable de tenir le terrain face à des tribus qui ont acquis une solide expérience militaire de leurs affrontements passés avec les Américains. L'État islamique profite de la confusion qui règne à Ramadi et de la faiblesse étalée au grand jour de l'armée irakienne pour s'emparer par surprise de Falloujah, l'autre grande métropole de la province d'Anbar. Dans le centre-ville, ses troupes masquées défilent au volant de véhicules militaires de fabrication américaine, leurs premières prises de guerre à l'armée irakienne… Les drapeaux noirs flottent au vent.

Ce n'est pas la première fois que la ville de Falloujah est occupée par des djihadistes. Moins d'un an et demi après l'invasion américaine de l'Irak, elle était déjà aux mains de groupes insurgés. Il avait fallu deux batailles consécutives pour que les Marines la reconquièrent en novembre 2004. La différence, cette fois, met en lumière une pratique qui va faire le succès de l'État islamique ailleurs. Dès le lendemain de la chute de la ville, l'État islamique entreprend d'en confier la gestion à des chefs de tribus locaux et à des leaders de quartier. Deux seules exigences : l'allégeance unique à Daech et le respect des mœurs et principes édictés par l'organisation. Daech contourne ainsi l'obstacle rencontré autrefois par Al-Qaida en Irak – ils n'endossent pas le rôle de l'envahisseur. L'État islamique se présente en libérateur, un peu à la façon dont les talibans avaient conquis l'Afghanistan en mettant fin aux exactions des seigneurs de guerre contre les populations. Les tribus retrouvent le pouvoir qui leur avait été confisqué par l'armée irakienne sous le gouvernement de Nouri Al-Maliki.

Sur le terrain, en Syrie, les groupes rebelles résistent mieux que prévu à l'appétit de conquête de Daech, un détail que Haji Bakr et ses officiers baasistes n'ont pas su anticiper. Peut-être les rebelles ont-ils pressenti que ces curieux alliés n'ont pas que des intentions louables ? Ils parviennent à repousser l'État islamique dans certains secteurs. Daech a pour habitude d'attaquer de façon spectaculaire à un endroit lorsqu'il est en difficulté ailleurs. Les autres groupes rebelles l'ont remarqué. Ils lancent alors une offensive sur plusieurs fronts. L'État islamique recule, notamment au nord d'Alep où il perd des fiefs pour se regrouper à l'est de la Syrie, dans une large zone qui suit le fleuve Euphrate jusqu'à l'Irak.

Le 6 juin 2014, le monde entier a les yeux tournés vers Omaha Beach pour l'anniversaire du D-Day. L'État islamique en profite pour débarquer à Mossoul. C'est la mise en application de la deuxième partie du plan. En moins de quatre jours, il en chasse l'armée irakienne – ou plutôt, celle-ci abandonne le terrain sans combattre, laissant derrière elle quantité de matériel militaire dernier cri fourni par l'armée américaine. Daech met la main sur l'équivalent de 313 millions d'euros que contiennent les coffres de la banque de Mossoul. Avant cette manne, l'organisation disposait déjà d'une assise conséquente fournie par des donateurs privés koweitiens, qataris, émiratis ou saoudiens. Elle est désormais l'organisation terroriste la plus riche de l'histoire. Et, à la différence d'Al-Qaida, elle a les mains libres : son argent n'est pas lié aux États de la région.

Cette victoire spectaculaire en juin 2014 est suivie par d'autres, et c'est le siège de la ville kurde de Kobane qui pousse la coalition à agir pour stopper l'avancée. Provisoirement. La reconquête de Tikrīt par les forces irakiennes en mars 2015 n'est qu'un trompe-l'œil. Au mois de mai, à plusieurs milliers de kilomètres de distance et en quatre jours seulement, Daech s'empare successivement de Ramadi en Irak et de Palmyre en Syrie. L'opération est exécutée avec quelques centaines d'hommes. «Daech est comme l'eau qui s'infiltre à travers les failles de la communauté internationale», affirme Lina Khatib, la directrice du centre Carnegie pour le Moyen-Orient. «*Al-Daoula al-Islamiya, bariqa !*» (L'État islamique est là pour rester), crient les partisans.

La métaphore de l'eau s'applique encore pour Palmyre. En juin 2015, un officier syrien ayant vécu la défaite explique : «La ville n'est pas tombée. Ils étaient déjà à l'intérieur.»[1] Il veut dire par là que lorsqu'il existe une majorité sunnite, comme à Palmyre, il est facile pour les djihadistes de trouver des relais. En Irak, Daech répond au désir de revanche des sunnites chassés du pouvoir par l'invasion américaine puis discriminés par la politique sectaire de Nouri Al-Maliki. Cette dernière a provoqué un sentiment d'abandon tel que de nombreux sunnites, mis à l'écart de la communauté nationale, se demandent maintenant si, après tout, ce nouvel État islamique ne serait pas taillé pour eux. En Syrie, Daech incarne leur volonté d'échapper à la domination alaouite, un groupe dont est issu Bachar El-Assad. Une différence de taille pourtant. En Irak, la plupart des sunnites rejoignent Daech. Par réflexe de survie face aux chiites,

1. Régis Le Sommier, «En première ligne face à Daech», *Paris Match*, 4 juin 2015.

ils préfèrent subir le joug de l'État islamique, si cruel soit-il. En Syrie, la majorité des sunnites pactisent toujours avec le régime de Bachar El-Assad.

Le 29 juin 2014, Al-Baghdadi prononce un sermon du haut du *minbar*, la chaire de la Grande Mosquée d'Al-Nouri, à Mossoul. Le lieu est hautement symbolique. L'annonce de la création du califat propulse l'État islamique dans une dynamique nouvelle qui la distingue de sa rivale, Al-Qaida. Cette dernière n'offre plus aux musulmans qu'une guerre sans fin avec une perspective de domination mondiale lointaine et peu réaliste. Face aux coups de boutoir de l'armée américaine, Al-Qaida se fragmente. Son chef, Ayman Al-Zawahiri, est dans la posture de Ben Laden peu avant sa mort. Il entend mener le djihad, mais il ne peut plus le faire que par le biais de vidéos produites au compte-gouttes. Malgré une aura bien réelle, il n'est plus qu'un guide spirituel éloigné, alors qu'Abou Bakr Al-Baghdadi dispose, lui, d'un État où s'applique la *charia* : la loi du Prophète.

Abou Bakr Al-Baghdadi appelle les musulmans du monde à gagner le nouvel État, ce pays nouveau dont le calife se nomme désormais « Ibrahim » – patronyme issu du prénom de naissance d'Abou Bakr Al-Baghdadi. Il justifie ce titre par ses origines. Il descend en effet de la tribu des Quraychites – celle de Mahomet ! La symbolique de Mossoul pour une telle annonce est un hommage à Nour Al-Din Mahmoud Zangi, un chef de guerre qui, au XIIe siècle, unifia les villes d'Alep et de Mossoul avant de vaincre les Francs en Turquie et le prince Raymond de Poitiers à Antioche. La référence n'est pas anodine. Pour l'État islamique, rien n'est jamais dû au hasard.

De son côté, Ayman Al-Zawahiri refuse de reconnaître le califat et la légitimité de l'État islamique. Il le dit dans un enregistrement diffusé sur Internet. La rupture est consommée. Au niveau des combattants, cependant, elle est moins nette. Des passerelles continuent d'exister.

Ces références aux origines glorieuses de l'Islam n'empêchent pas le nouveau calife de se montrer « moderne » dans sa gestion d'*al Daoula* – comme les djihadistes appellent entre eux leur nouvel État. Baghdadi est doué en langues. Il parle parfaitement l'anglais et la communication numérique n'a aucun secret pour lui. Il exige que les rapports qui lui sont adressés ne dépassent pas la taille d'une feuille de papier A4, comme le faisait Winston Churchill pendant la Seconde Guerre mondiale[1]. Le calife se veut proche

1. Robert Fisk, « A New Book Reveals the Horrifying, and Fascinating, Details of Daily Life under ISIS », *The Independent*, 1er novembre 2015.

de l'homme de la rue. Un témoin issu de l'intérieur de l'organisation a ainsi raconté au journaliste américain Michael Weiss qu'un jour, en se rendant à Manbij, un des fiefs de Daech à l'est d'Alep, Baghdadi avait provoqué un accident de la route[1]. Furieux, l'autre conducteur, qui ne l'avait pas reconnu, exigea que le chauffard soit traduit sur-le-champ devant le tribunal de la charia de la ville. Ce qui lui fut accordé. Baghdadi reconnut son tort et fut condamné à une amende. Nul ne sait si cette scène s'est réellement passée, mais elle vient accréditer l'idée que quiconque, du plus pauvre jusqu'au calife, peut avoir à rendre des comptes devant la justice. C'est une manière populiste de s'attirer la sympathie des quelque dix millions de sunnites que l'État islamique a sous sa coupe.

L'épisode de l'accident de voiture semble indiquer aussi que Bahgdadi conduit lui-même son véhicule. Ce qui n'est pas impossible. Pour renforcer l'image d'un calife proche de ses sujets, il se raconte aussi qu'il est possible de lui adresser un mot. Il suffit d'écrire sur l'enveloppe : « al-Calipha Ibrahim, Raqqa ».

Dans la réalité, à la façon du Hamas pour Gaza, l'État islamique procure aux habitants une multitude de services sociaux. Un habitant de Palmyre raconte

1. Michael Weiss, « Confessions of an ISIS Spy », *The Daily Beast*, 15 novembre 2015.

ainsi qu'un des « bienfaits » de l'arrivée de Daech fut la distribution de pain et d'eau. Il décrit aussi le rétablissement de l'électricité, et surtout l'installation d'une bande passante comme on n'en avait jamais connu. Depuis, l'État islamique a interdit l'accès individuel à Internet, notamment à Raqqa, la capitale du califat, par crainte de l'espionnage, mais aussi de voir la population se soulever sous l'influence du monde extérieur.

11

Les ennemis

Le 8 août 2014, après des mois d'hésitation, Barack Obama décide d'agir face à la menace que représente Daech. Avec des accents qui ne sont pas sans rappeler ceux de George W. Bush à l'aube de sa croisade contre Saddam, le président américain annonce les premières frappes en Irak. Les circonstances ont changé par rapport à 2003 : la menace est bien réelle cette fois. Une coalition d'une soixantaine de pays s'engage à « dégrader et détruire » l'État islamique. Obama pense pouvoir éradiquer le mal au moyen de frappes aériennes limitées, appuyées au sol par les Kurdes et l'armée irakienne, épaulée de son côté, il ne l'ignore pas, par des milices chiites soutenues par l'Iran. Mais cette intervention, au bout d'une épuisante décennie de guerre, met d'emblée les Américains mal à l'aise, d'autant qu'ils cherchent à se désengager de la région. « Lorsque les États-Unis accéderont à l'indépendance énergétique, il sera plus difficile de convaincre le peuple d'envoyer ses *boys* risquer leur vie pour assurer l'approvisionnement en pétrole du Japon et de l'Europe », prévenait en 2013 le général McChrystal[1]. Grâce au développement des forages du gaz de schiste, on n'en est plus très loin. Les États-Unis ont les yeux tournés vers l'Asie, et en particulier la Chine, qu'ils courtisent et craignent à la fois. À l'image du candidat républicain Donald Trump, beaucoup d'Américains pensent que le temps est venu pour leur pays d'arrêter de dépenser des sommes folles et de perdre des hommes pour faire la police dans ce coin du monde ingérable – et auquel, en définitive et malgré des décennies de présence, ils ne comprennent rien.

Au cours de leur jeune histoire, les Américains ont cherché à simplifier les relations qu'ils entretenaient avec les autres pays en repérant un homme dont ils pouvaient se faire un allié. « *He's our guy* », disent-ils. Solutionner un conflit, résoudre une crise, c'est d'abord trouver « *our guy* ». Cela leur permet l'économie des subtilités locales, des dynamiques politiques, ethniques ou religieuses. Près de soixante-dix ans plus tôt, en soutenant Tchang Kaï-chek en Chine en 1949, ils ont pourtant été pris de court par la marche au pouvoir de Mao. De la même façon, en s'appuyant sur Ahmed

1. Brigitte Adès, « Entretien avec Stanley McChrystal », *Politique internationale*, n° 140, été 2013, p. 22.

Chalabi, un chiite vivant aux États-Unis, pour gérer les suites de la guerre en Irak, ils passent à nouveau à côté des causes profondes de la montée de l'insurrection quelques mois après l'invasion du pays. Pour cette raison, à intervalles réguliers, ils ont besoin d'intellectuels de la trempe de David Petraeus ou de stratèges comme Stanley McChrystal pour combler les carences de leur politique internationale et rectifier le tir. Mais bien souvent, il est trop tard. Le Vietnam n'a pas connu son Petraeus. Une fois le jouet cassé, les Américains sont partis. L'Irak l'a vu à l'œuvre, en mode pompier : la situation avait déjà atteint un niveau de décomposition avancé. En Afghanistan, McChrystal était parvenu à tisser des liens avec le président Hamid Karzaï comme jamais aucun militaire ne l'avait fait avant lui. Et il ne se contentait pas de diplomatie. À la tombée du jour, il s'en allait parfois rejoindre ses hommes pour traquer les terroristes. Le professionnalisme des individus n'est pas en cause. C'est la stratégie politique qui fait défaut. Les Américains restent partagés, comme cela avait déjà été le cas au cours de la Première et de la Seconde Guerre mondiale, alors qu'ils hésitaient entre la tentation de tourner le dos au monde et celle de lui apporter un idéal de liberté, par devoir. Souvenir des persécutions endurées par leurs multiples ancêtres, le monde extérieur est perçu par réflexe comme une humanité à la traîne, source d'obscurantisme, contre lequel s'est édifiée la patrie de la liberté, le meilleur pays au monde. « *The best country in the world.* » L'expression revient souvent dans les discours de tous les politiques américains. Chez nous, même les plus farouches nationalistes ne l'utilisent pas. Donc, à chaque fois, les Américains interviennent à reculons, de façon massive et maladroite. « Les Américains finissent par faire les choses correctement, après avoir essayé tout le reste. » La phrase de Winston Churchill garde toute son actualité. À l'inverse de celui que le magazine américain *Time* a consacré « homme du siècle », Barack Obama n'a jamais eu aucune expérience militaire. Avant son élection, il n'a pratiquement pas voyagé hors des frontières de son pays. Pendant sa campagne électorale, il a mis en avant son ouverture d'esprit et ses origines « cosmopolites ». On nous disait qu'il était né à Hawaï, qu'il avait vécu enfant aux Philippines, qu'il avait fait ses études à Los Angeles et New York avant de s'enraciner à Chicago pour commencer une carrière politique prometteuse. En réalité, il n'était jamais sorti de l'univers américain, avec sa vision simpliste et bipolaire : « *us and them* » (eux et nous). Au départ, il ne comprend pas grand-chose de plus au Moyen-Orient que George W. Bush, peut-être moins d'ailleurs. En effet, réalisant peu à peu l'aspect catastrophique de l'intervention en

Irak, ce dernier avait été contraint de se plonger dans les méandres de l'Islam et des réalités tribales. Bush suivait pas à pas son armée, parlant chaque jour avec ses généraux. Obama demeure un président certes « cool », mais loin des militaires.

« Contre l'État islamique, les bombardements aériens sont devenus un moyen de simplifier les questions tout en tenant à distance les sociétés et leurs complexités », confirme Peter Harling, un spécialiste du Moyen-Orient pour l'ONG International Crisis Group[1]. Après douze ans d'Afghanistan et d'Irak, l'idée d'envoyer des troupes au sol est un véritable tabou aux États-Unis. On s'en remet à l'aviation comme on s'en remettrait à Dieu, avec la certitude d'être dans le bon camp et de bien faire les choses. Encore faudrait-il que les bombardements soient efficaces et qu'ils apportent au moins un début de solution. Or, pendant un an et demi, la moyenne des sorties des avions de la coalition est de quinze par jour, contre huit cents en 2003 en prélude à l'invasion de l'Irak, ce qui fait dire au président syrien Bachar El-Assad, ex-ennemi numéro un reconverti en allié de circonstances par l'émergence de Daech, que ces frappes ne sont que « cosmétiques ».

1. Peter Harling, Sarah Birke, « L'organisation de l'État islamique, de l'autre côté du miroir (2) », *Orient XXI*, 23 mars 2015.

À Washington, la guerre contre Daech prend peu à peu des allures de règlement de comptes. L'ancien patron du renseignement militaire, Michael Flynn, affirme que la Maison Blanche a pris le risque d'armer les rebelles alors qu'elle savait pertinemment qu'en leur sein, des groupes comme Daech pouvaient émerger. Autrement dit, loin d'être un monstre sorti des mystères de l'Orient, Daech serait notre créature, à travers un scénario comparable à celui de la naissance d'Al-Qaida en Afghanistan dans les années 1980. Au début, les armes sont toujours livrées pour la « bonne cause » – tuer du Russe, renverser Bachar… –, puis elles transitent et atterrissent dans les mains des plus « méchants » qui, comme une fatalité, finissent toujours par prendre le dessus. De son côté, en Turquie et en Jordanie, la CIA a tenté d'entraîner des rebelles « modérés ». Ils devaient être quinze mille, ils ne sont en fin de compte que soixante, regroupés dans la « division 30 ». À peine entrés en Syrie au mois d'août 2015, ils sont capturés ou exécutés par Jabbat al-Nusra, la branche syrienne d'Al-Qaida. Naïvement, les Américains s'étaient imaginé que ces renforts seraient bien accueillis. C'était oublier un peu vite que, dans la région, tout ce qui est estampillé « américain » reste maudit.

L'intervention piétine, chacun s'en rend compte, et malgré certaines défaites récentes, Daech continue à donner des signes d'une vigueur étonnante. L'ancien directeur de la CIA, le général Petraeus, propose même de s'allier aux éléments les « moins extrémistes » d'al-Nosra pour vaincre Daech. Petraeus n'a plus de responsabilités, mais il conserve une aura. L'audace ou la folie de sa proposition traduit la fébrilité qui règne dans les hautes sphères. Si l'Amérique en est rendue à se poser la question de s'allier à Al-Qaida pour détruire l'État islamique, où va-t-on ? Comme tout ce qu'a tenté – et souvent réussi – Petraeus en matière d'art de la guerre, l'initiative est audacieuse. Encore faudrait-il éviter d'en parler à la presse. Mais Petraeus a du mal. Il a toujours tellement adoré les médias. Quoi qu'il en soit, auprès du grand public américain qui a vu les tours tomber à New York, s'allier à Al-Qaida pour combattre Daech n'a vraiment aucun sens.

Mais il y a pire. Au sein de la coalition et chez ses alliés, chacun avance ses pions avec des intentions cachées, souvent aux antipodes les unes des autres. « Le Moyen-Orient ne sera plus jamais le même. Il devient clair que l'État islamique est devenu un jouet dans les mains de plusieurs acteurs qui l'utilisent en fonction de leurs intérêts pour remodeler la carte de la région », me confie un membre du renseignement français. L'opération pèche en effet par manque de coordination et de volonté. Et Daech, avec des ennemis comme ceux-là, n'a nul besoin d'amis.

La Turquie, d'abord. Pour frapper les centres névralgiques du califat, les Américains obtiennent l'usage des bases aériennes turques. La Turquie y voit l'opportunité de montrer qu'elle combat vraiment Daech, ce dont tout le monde doute. En réalité, elle a monnayé sa participation contre un permis d'attaquer militairement son vieil ennemi, les Kurdes du PKK. Recep Tayyip Erdogan mobilise ainsi son camp dans un but purement électoraliste. Et il réussit. En stimulant la fibre nationale turque, il remporte brillamment les élections. Or les Kurdes, dont le PKK (parti des travailleurs du Kurdistan, une organisation armée terroriste qui réclame l'indépendance) regroupe les combattants les plus aguerris, sont presque les seuls à avoir fait reculer Daech sur le terrain. D'un côté, on veut mieux bombarder Daech. De l'autre, on bombarde ceux qui le combattent au sol…

Depuis le départ, la Turquie joue un rôle au mieux ambigu face à Daech. Il n'est pas sans rappeler l'attitude du Pakistan vis-à-vis de l'insurrection afghane lors de l'arrivée au pouvoir des talibans, puis, plus tard, au moment de l'occupation américaine. Comme la Turquie aujourd'hui, le Pakistan servait alors de base arrière. Mais, comme la Turquie encore, les Pakistanais, tout en se déclarant des alliés, laissèrent rentrer des centaines de combattants pendant toute la durée de l'intervention américaine en Afghanistan. L'hiver venu, ceux-ci retournaient de l'autre côté de la frontière. En Afghanistan, on se bat depuis tellement longtemps qu'on a établi des saisons pour la guerre. Aujourd'hui, la Turquie sert de lieu de transit pour l'acheminement des combattants étrangers qui viennent nourrir les rangs de Daech, notamment depuis l'Europe. On se souvient qu'à l'époque du réseau Zarqaoui, le lieu de transit pour l'Irak était la Syrie. Il en va de même pour le pétrole et les matières premières. Une grande partie des trafics transfrontaliers se font avec et grâce à la Turquie.

L'Arabie saoudite ensuite. C'est la puissance sunnite dominante. Depuis l'époque du fondateur de la dynastie Ibn Saoud, elle vit une contradiction permanente entre son obédience religieuse wahhabite, une version rigoriste de l'islam proche de l'idéologie des djihadistes, et ses liens étroits avec les États-Unis, notamment en ce qui concerne le pétrole. L'Arabie saoudite veut éliminer l'État islamique, mais elle a surtout en tête de contrer l'influence de l'Iran en Irak et en Syrie. Dans un premier temps, au mieux, elle ferme les yeux, pas fâchée de voir qu'un califat sunnite est parvenu à s'emparer de 40 % du territoire irakien et qu'il menace Bagdad. C'est comme un pavé dans la mare de l'hégémonie iranienne au Moyen-Orient.

Mais l'Arabie saoudite finit par rompre avec le califat d'Al-Baghdadi. Les Américains ont fait la leçon à leur embarrassant mais indispensable allié. « Les musulmans sont les principales victimes de cet extrémisme, comme en témoignent les crimes perpétrés par le soi-disant État islamique, Al-Qaida et les groupes qui leur sont liés », proclame le Grand Mufti d'Arabie saoudite en août 2014. En Syrie, avec le Qatar, l'Arabie prend une part active dans l'armement et le financement des groupes rebelles. Il s'agit de voler au secours des populations, sunnites pour la plupart, frappées par les hélicoptères d'Assad et leurs barils de poudre. Ce prétexte humanitaire masque mal en réalité d'autres intentions : faire tomber Assad et casser le lien entre l'Iran et son allié libanais le Hezbollah, situés de part et d'autre de la Syrie. Deux ans plus tard, au début de l'année 2016, l'exécution par Riyad du dignitaire Nimr Baqer Al-Nimr, leader de la minorité chiite présente sur le sol du royaume, avec quarante-six autres opposants, tous mis à mort au sabre, est une preuve que pour les Saoudiens, le règlement des conflits régionaux et la menace de Daech restent secondaires par rapport à la question iranienne. Perçu par Téhéran comme une provocation, cet épisode aggrave les tensions sectaires sans résoudre pour autant les difficultés des Saoudiens, et encore moins calmer leurs peurs. Leur problème, c'est qu'en s'impliquant de façon si massive en Syrie, ils ont fait de cette guerre la leur. Elle est aussi la nôtre, à nous, Occidentaux, dont les gouvernements ont contribué à armer les rebelles. La guerre en Syrie appartient désormais autant à l'Arabie saoudite, au Qatar, aux États-Unis et à l'Europe qu'à Bachar El-Assad. La crise des migrants en est l'incarnation. L'analogie de Colin Powell pour l'Irak avec le magasin de porcelaine s'applique aussi à la Syrie : « Si vous cassez un objet, vous le payez, il est à vous. » Et il ne sert à rien de répéter que Bachar El-Assad est la cause de tous les malheurs syriens – il n'est pas innocent, tout le monde le sait – quand, pendant des années, nous avons contribué à la situation en armant les rebelles, non pas avec des objectifs de paix, mais bien pour s'assurer qu'un camp triomphe sur l'autre. « Al-Nosra fait du bon boulot », déclarait en décembre 2012 le ministre français des Affaires étrangères Laurent Fabius… [1]

L'Iran maintenant. Au cœur du monde chiite, il cherche à accroître son rayonnement. Il entend profiter de l'opportunité de la levée des sanctions avec l'accord sur le nucléaire pour affirmer son rôle de puissance régionale. L'Iran a joué autrefois un

1. Propos tenus lors de la 4e réunion ministérielle du groupe des Amis du Peuple syrien, à Marrakech, le 12 décembre 2012.

rôle ambigu vis-à-vis d'Al-Qaida. Il a toujours cherché à contrôler l'Irak. Pour cela, il a toléré, plus ou moins soutenu et armé Zarqaoui. Que ce soit contre Saddam ou, après l'invasion, contre les Américains, les Iraniens ont joué la stratégie du chaos maximum chez leur voisin pour avancer leurs pions.

Il en va de même aujourd'hui avec la Syrie de Bachar El-Assad. On accuse régulièrement ce dernier d'avoir créé Daech, à la manière d'un Frankenstein. Assad serait, on le lit dans des journaux qui prétendent être sérieux, un dictateur machiavélique qui aurait fait libérer de ses prisons des chefs djihadistes dans le but de les jeter dans les pattes de la rébellion syrienne, afin de la diviser et de l'affaiblir. C'est oublier un peu vite, comme on l'a vu pour Haji Bakr et le calife Ibrahim dont le nom de guerre Al-Baghdadi est en soi une marque identitaire, que Daech vient de l'Irak. Il est né au fond de la prison américaine de Camp Bucca et non de celle de Palmyre. Sur le terrain, l'armée syrienne et Daech s'évitent souvent. Ils préfèrent concentrer leurs efforts pour venir à bout d'une rébellion qui, dans la plupart des cas, n'est modérée que dans les fantasmes des Occidentaux. Jabbat Al-Nusra, Ahrar Al-Sham, Jund Al-Islam, Jaesh Al-Fattah, pas simple de trouver parmi ces rebelles un groupe qui ne soit pas islamiste. Devant l'obstacle, on a vu fleurir, sous la plume de journalistes chevronnés comme ceux du *New York Times*, des expressions comme « islamistes modérés » ou « djihadistes relativement modérés ». Cela traduit le malaise que provoquent les professions de foi de ces différents acteurs pour qui « laïcité » et « démocratie » sont synonymes d'impiété. Pour ce qui est des rapports entre Assad et Daech, c'est un choix tactique et non une collusion idéologique. Le régime syrien représente l'État syrien, qu'on le veuille ou non, qu'on l'aime ou pas. Et il entend rester au pouvoir. Daech veut conquérir Damas, lieu de la sépulture de Saladin et siège de la dynastie des Omeyyades, à la source de l'Islam sunnite, tout comme Bagdad, l'autre emplacement historique d'un califat, celui des Abbassides. À la fin, ils se retrouveront face à face, comme c'est déjà le cas sur de nombreux théâtres d'opérations.

La Russie enfin, dernier acteur, et pas des moindres, à être entré dans l'équation de manière spectaculaire, le 15 septembre 2015. Elle n'a pas pris sa décision en renouant avec des pulsions impérialistes, héritées de l'URSS. Notre logiciel d'analyse des intentions des Russes pèche par la propension de nos dirigeants à s'aligner sur la logique américaine. Mettons donc de côté la vision héritée de la guerre froide de nos amis américains et leurs vieilles lubies anticommunistes. Les Russes sont en Syrie depuis bien avant la prise de pouvoir d'Hafez El-Assad en 1970. La Russie a façonné le pays, en particulier son armée, comme elle ne l'a fait avec aucun autre État au Moyen-Orient. À Tartous, dans le bastion alaouite sur la côte méditerranéenne, elle a édifié une base navale, et même une base sous-marine. Celles-ci sont aujourd'hui les seuls établissements militaires russes situés à l'extérieur du territoire national, même s'ils sont de taille modeste en comparaison par exemple avec la base navale de Sébastopol, en Crimée. Quelque vingt mille familles russo-syriennes, produit des échanges étudiants de l'ère soviétique, vivent dans la région. Cet ancrage profond explique en premier lieu la décision de Vladimir Poutine d'engager des forces militaires, en particulier des moyens aériens, pour soutenir le régime qui, après cinq ans de guerre, montrait des signes de faiblesse. Il y a aussi, dans la démarche de Poutine, une volonté de se poser en protecteur des chrétiens d'Orient, orthodoxes pour une bonne partie, dont l'avenir est menacé par la montée de Daech. Les Russes sont aussi très attachés aux positions de principe. Ils ont été échaudés par le précédent libyen. La résolution 1973 du Conseil de sécurité de l'ONU, adoptée le 17 mars 2011 et pour laquelle ils se sont abstenus, comme l'Allemagne, le Brésil, l'Inde et la Chine, stipulait en effet que la coalition occidentale devait protéger les populations. Elle autorisait l'application d'une zone d'exclusion aérienne. Il n'était pas question de faire tomber le régime de Kadhafi. Leur soutien à Bachar El-Assad procède de la même démarche qui est le respect de la souveraineté des États, encore plus quand on n'a aucune alternative légitime à proposer à la place. Cela s'est démontré en Libye avec le chaos actuel. Il est fort à parier que si le régime de Bachar El-Assad était tombé, le résultat n'aurait pas été meilleur. L'intervention russe a eu le mérite de clarifier les choses sur le terrain, contraignant les principaux acteurs présents à dévoiler leur jeu : qui soutient qui, et qui est qui. Au vu des professions de foi des divers groupes rebelles à l'œuvre dans le pays, Jabbat al-Nusra, Ahrar Al-Sham et Jesh Al-Fatah, contrairement à ce que laissaient penser les dirigeants occidentaux, la perspective de voir un pouvoir démocratique remplacer Assad à Damas était infime.

12

La longue guerre

Sur le terrain à Damas, avec l'armée syrienne.
Fin octobre 2015.

L'officier qui nous escorte fait signe de ne plus avancer. « Snipers », dit-il en désignant du doigt la barre d'immeubles éventrés, précédée de quelques arbustes qui marquent la ligne de front. Le lieutenant Ismaël connaît bien ce type de tireurs. Son crâne arbore la cicatrice laissée par la balle de l'un d'entre eux. On la distingue bien car il a les cheveux courts et ne porte pas de casque. Depuis sa blessure et les cinq opérations chirurgicales qui ont suivi, on lui a mis une plaque en titane dans la tête. Peut-être se croit-il invincible ? En réalité, comme beaucoup de soldats qui combattent ici, il n'en voit pas l'intérêt. « Lorsque le moment vient, tu meurs. C'est tout. Ce n'est pas toi qui décides », explique-t-il dans un large sourire. Comme les autres officiers dans son secteur, il ne porte aucun signe de son rang sur son uniforme. Des étoiles dorées sur des épaulettes seraient une motivation supplémentaire pour le *sheitan,* comme ils disent : le diable... C'est dans ces moments-là que l'on mesure le poids psychologique du tireur embusqué, et surtout l'usure de la guerre. Tête nue, on s'en remet à Dieu et au bon vouloir d'un inconnu avec un fusil qui peut, à chaque instant, décider de votre sort. Sans trop regarder en l'air, nous reprenons notre marche, au milieu d'édifices écroulés comme des châteaux de cartes, de carcasses d'autobus incendiés, utilisées pour bloquer les rues, et de pylônes de béton d'entrepôts en construction qui ne verront jamais le jour. Bienvenue à Jobar, le quartier rebelle de Damas.

Pour parvenir jusqu'au poste le plus avancé de l'armée syrienne, il faut escalader une échelle glissante qui mène au premier étage d'un bâtiment si abîmé qu'on a du mal à deviner ce qu'il était avant la guerre. À l'intérieur, pour aller d'une pièce à l'autre sans être vus, nous passons à travers des trous taillés dans les murs. Dans certains recoins, l'odeur d'urine est pénible. Depuis trois ans, des hommes font la guerre ici. Hier, les rebelles occupaient cette position et ce sont eux qui ont creusé ces passages. Aujourd'hui, l'armée les a repris à son compte. La géographie des combats a épousé celle de la vie – une vie qui, vu le nombre de douilles au sol et les traces de sang séché sur les murs, est surtout consacrée à l'exercice de la mort. Au fil des ans, les rares trêves n'ont servi qu'à recharger les fusils. Le lieutenant Ismaël nous explique que le gouvernement serait toujours disposé à en décréter une nouvelle. Mais ce ne serait pas d'actualité si on en croit l'alliance scellée la veille entre Jabbat al-Nusra, Ahrar al-Sham et Jund al-Sham, les trois groupes rebelles qui se partagent le quartier. Ici, pas de présence de Daech. « Nous coordonnons nos efforts devant l'agression dont est victime la terre des musulmans », indique le communiqué conjoint des trois organisations, en référence à l'intervention de la Russie en Syrie, le 15 septembre 2015. Des Russes, il n'y en a pourtant aucun à Jobar. Le lieutenant Ismaël le regrette. « On aimerait bien qu'ils nous donnent un coup de main, dit-il, mais pour des raisons qui ne dépendent pas de moi, leurs Soukhoï n'ont pas encore survolé le quartier. »

Au bout du couloir, la pièce est éclairée par une ampoule nue se balançant au bout d'un câble. Un groupe de soldats est assis en arc de cercle autour d'une cafetière. Ils ne prêtent aucune attention au vacarme des obus qui, depuis quelques minutes, tombent dans les rues en face. La cadence des tirs laisse à penser que l'artillerie se rapproche. Le lieutenant Ismaël m'a dit tout à l'heure qu'en général, les rebelles se déchaînent dès que le gouvernement les pilonne. Pour l'instant, pas de riposte de leur part. Tout le monde est sur le qui-vive. Un mortier, ça tombe n'importe où, sans prévenir. Un crissement de chenilles annonce l'arrivée d'un T-72 dans la rue voisine. À travers une vitre brisée, nous observons le char qui manœuvre lentement, ouvre le feu puis recule pour se replacer à l'abri derrière un talus. Ces derniers temps, l'apparition chez les rebelles de missiles antichars TOW offerts par l'Arabie saoudite et le Qatar a fait pas mal de dégâts dans les blindés loyalistes. Ceux-ci ripostent par des tirs de mitrailleuses. Au bout de quelques minutes, le calme revient. Pas pour longtemps, on le pressent. Comme on n'a pas vraiment fait les présentations, le lieutenant Ismaël me tend la main. « Ghaith [prononcer Reis], dit-il. Cela veut dire "pluie" en arabe. » Un prénom de circonstance, car dehors, justement, vient d'éclater un orage. On ne l'a pas entendu arriver. Le tonnerre est en effet plus doux que le canon d'un char. La pluie, en revanche, accentue l'aspect lugubre du quartier. On a peine à croire que des civils puissent continuer à vivre dans un tel enfer. « Je vais bientôt me marier », annonce fièrement le lieutenant en nous invitant à nous asseoir à l'abri derrière des sacs de sable empilés. À 27 ans, pour cause de blessures, il a dû reporter plusieurs fois ses noces. À Jobar, où il combat depuis deux ans, Ghaith Ismaël a été blessé huit fois. Il dégrafe légèrement sa chemise pour nous montrer, sous la forme d'un gros pansement, la trace de son dernier flirt avec la mort. C'est ce qui explique sa sérénité alors qu'un missile s'abat sur la position rebelle la plus proche. La déflagration est si violente que tout le monde baisse la tête, sauf lui.

« Le gars en face, vous lui parlez parfois ? » je lui demande. « Ça nous arrive », répond-il, un peu hésitant. « Leur chef est jordanien… » J'aimerais qu'il m'en dise plus, mais visiblement il n'aime pas évoquer ses ennemis : « Ce sont des terroristes, dit-il. Nous leur tirons dessus. Ils nous tirent dessus. C'est la routine. Mais ici, la routine tue. » Depuis une heure, les calibres les plus variés se sont mesurés dans ce coin de terre. Rien cependant, ni dans le paysage, ni dans le cœur des hommes, ne semble avoir changé. Plusieurs soldats portent accrochés sur leur poitrine des pin's avec le portrait de Bachar El-Assad, ou celui de son père Hafez. Hormis ce détail, plus rien ou presque ne les distingue des rebelles qu'ils combattent : uniformes dépareillés, barbes et bonnets en laine. Plus la guerre dure, plus les hommes qui s'affrontent se ressemblent. Le lieutenant espère bientôt reprendre le pâté de maisons qui lui fait face. Ça ne sera pas pour aujourd'hui. Avant lui, son colonel nous a expliqué pourquoi l'armée syrienne tient tant à reconquérir Jobar. Dans sa partie occidentale, le fief rebelle n'est qu'à quelques mètres de la place des Abbassides et menace le cœur de la capitale. C'est de Jobar que sont parties les deux roquettes tombées sur l'ambassade de Russie le 13 octobre, une sorte de réplique à l'annonce de l'engagement militaire du Kremlin en Syrie. Déloger ces rebelles n'est pas une mince affaire. En dépit d'un optimisme affiché, l'armée n'est toujours pas parvenue à encercler le quartier. Leur territoire s'est réduit, mais à l'est, on trouve la Ghouta, un mot qui veut dire « oasis » en arabe et désigne les terres cultivées qui entourent Damas. Après, c'est le désert. Impossible de ce côté-là de stopper le flot des armes et le ravitaillement qui permettent aux insurgés de continuer le combat.

Et puis, il y a les tunnels. Ici, en effet, on ne se contente pas de faire la guerre sur la terre, on se bat jusque dans ses entrailles. Le lieutenant se penche à une fenêtre. « Vous voyez ce trou, juste en dessous de nous ? Nous y avons découvert l'entrée d'un tunnel. Il en existe des dizaines. La plupart servent au ravitaillement, mais parfois les insurgés les creusent dans le but de faire sauter les postes avancés de l'armée. » Cette tactique remonte à la Première Guerre mondiale. Une bonne grosse bombe pour éliminer l'adversaire à l'endroit où il se croit à l'abri. « Certains sont étayés avec du bois », assure le lieutenant. Pour le prouver, il sort son ordinateur et me montre des vidéos d'ouvrages superbement réalisés par des rebelles sûrement mineurs de fond dans une autre vie. « Lorsqu'on trouve un tunnel, on y répand de l'eau sur laquelle on fait flotter de l'essence dont la combustion aspire tout l'oxygène », ajoute-t-il. Les soldats syriens ont appris aussi à écouter le sol pour repérer où l'ennemi creuse. Certains « spécialistes » traquent même l'adversaire dans ces galeries diaboliques, à la manière des « *tunnel rats* » au Vietnam, ces soldats américains qui descendaient torse nu et pistolet à la main éliminer les combattants d'Ho Chi Minh dans des boyaux étroits. Mais l'armée ne gagne pas toujours. Il y a quelque temps, des militaires syriens creusaient des tranchées pour protéger leur QG. Ils ne se sont pas rendu compte qu'au même moment, les rebelles creusaient sous eux. L'explosion de la bombe placée sous leur QG a coûté la vie à plusieurs officiers. À l'origine, en 2012, les affrontements à Jobar avaient des allures de guérilla urbaine. Le caractère interminable du conflit a fait que chacun a eu tout le loisir de se barricader. Résultat, c'est désormais une véritable guerre de tranchées qui a lieu presque partout dans le pays. C'est aussi le cas quelques kilomètres plus loin, toujours dans Damas. Cette fois, nous sommes dans le camp de Yarmouk. Ici, l'armée syrienne est face à Daesh.[1]

1. Régis Le Sommier, « Syrie : la guerre des tunnels », *Paris Match*, 5 novembre 2015.

Le colonel hésite à donner son nom. Sur son uniforme, son grade n'apparaît même pas. Cet homme à la moustache fine dirige toutes les activités de l'armée syrienne depuis le 16 décembre 2012, date de l'apparition des rebelles dans le camp palestinien de Yarmouk, à Damas. L'armée ne rentre pas à l'intérieur du camp. Elle s'est établie tout autour. Elle ne l'a jamais fait, même si certains buildings effondrés que nous découvrirons à l'intérieur laissent à penser qu'elle y a sans doute effectué quelques incursions aériennes. À Yarmouk, petit quartier du sud de la capitale, deux guerres se superposent : la lutte armée palestinienne et la guerre civile syrienne. Le camp, établi en 1957, est contrôlé par au moins douze factions différentes. Il est en miniature le reflet des rivalités qui minent depuis toujours la Palestine, et l'écho des soubresauts sanglants qui l'agitent. Sauf qu'ici, bien sûr, les Israéliens n'existent que dans les têtes et les lanceurs de pierres sur les écrans des télévisions qui retransmettent abondamment les événements de Palestine. Lorsque la guerre éclate, ajoutant de nouvelles divisions à celles déjà existantes, les réfugiés palestiniens de Syrie doivent choisir leur camp. Le FPLP-CG (Front populaire de libération de la Palestine – Commandement général) soutient le gouvernement, le groupe Liwa Al-Asiaf soutient l'Armée syrienne libre lorsque celle-ci domine le mouvement rebelle, puis, plus tard, Jabbat al-Nusra lorsque celui-ci prend le dessus. L'arrivée de Daech complique encore les choses en aggravant la lutte armée et la situation humanitaire.

Le bureau du colonel est situé à l'angle d'une rue, sur la périphérie du camp. Une pièce de 10 mètres carrés qui faisait office autrefois de boutique d'équipements électroniques. L'air empeste le tabac et l'odeur subtile et un peu aigre du café turc. Face au colonel, une vitrine lézardée sur toute sa longueur par un impact de balle. C'est probablement la raison pour laquelle on a dressé à l'extérieur un mur fraîchement cimenté, laissant filtrer quelques rayons qui éclairent, juste au-dessus du colonel, le portrait un peu délavé d'un Bachar El-Assad souriant, en tenue de parade. Abou Kifar Razi fait son entrée. Dos voûté dans une chemise jaune clair trop grande et un pantalon gris impeccablement repassé, le vieux leader palestinien vient s'asseoir dans un de ces fauteuils marron, gorgés de poussière, qu'on trouve à peu près partout au Moyen-Orient.

« Daech est arrivé dans le camp le 1er avril 2015 », me dit-il après m'avoir raconté dans les grandes lignes l'histoire de Yarmouk. De sa poche, il sort un paquet de cigarettes de marque United. Il se saisit d'une fine tige blanche qu'il allume. Peu à peu, tout le monde se tait.

Au bout d'un quart d'heure à attendre on ne sait trop quoi, l'homme se lève et nous fait signe de l'accompagner. Nous pénétrons dans le camp. Autour de nous, ce ne sont que façades éventrées. Certaines ne tiennent debout que par un grand mystère et quelques maigres murs noircis. Le silence est impressionnant. C'est peut-être une façon que les ruines ont trouvé pour s'adresser aux hommes. Un silence qui interpelle. Dans ce dédale urbain dense, fait d'immeubles de cinq à six étages construits à quelques mètres les uns des autres, vivaient autrefois plus d'un million de personnes. Ils ne sont aujourd'hui qu'entre quatre mille et cinq mille à occuper encore ces ruines. « C'est l'arrivée de Daech qui a provoqué la plus grosse bataille », dit-il pour décrire l'apocalypse qui s'est abattue autour de nous. À Yarmouk, les djihadistes de l'État islamique sont au plus proche du cœur du pouvoir syrien : 5 kilomètres à peine. Une véritable menace que le colonel essaye de contenir. Nous continuons notre marche. Une ruelle débouche sur une avenue un peu plus large. C'est là, nous explique le chef palestinien, que les humanitaires venaient distribuer de la nourriture à des populations affamées par le blocus de l'armée syrienne et par les rebelles qui les pillaient pour se ravitailler.

Les snipers rebelles sont toujours en activité dans le secteur. Une fenêtre, un orifice dans un mur, la moindre canalisation ou tringle à rideaux, tout ce qui de loin ressemble au canon d'un fusil se transforme en autant de menaces. D'immenses draps ont été dressés au milieu de l'avenue pour compliquer la tâche des snipers. Nous avançons dans leur ombre, au milieu des pierres, de la poussière et des câbles électriques arrachés pour gagner la ruelle suivante. Pour parvenir à la ligne de front, nous franchissons des trous taillés dans les murs à hauteur d'homme qui permettent de passer d'une pièce à l'autre sans être vu. Des graffitis raturés, d'autres neufs et conquérants témoignent des luttes insensées de territoires. Au bout d'une allée, une lumière, semblable à celles qu'on trouve au fond des mines. Un soldat observe deux écrans de télévision où l'on peut voir le quartier qui se trouve juste derrière : la zone tenue par Daech. À Yarmouk, les militants palestiniens qui se battent aux côtés du gouvernement syrien ont perdu deux cent trente hommes en trois ans. « Des martyrs », comme les appelle Abou Kifar Razi. Un des garçons s'apprête à prendre son poste derrière un mur où un trou a été creusé pour placer son fusil. Il a l'air d'avoir 14 ans. « Il en a 18 », m'assure le chef palestinien avant de désigner un homme assis sur une chaise. « Lui, il est blessé, mais il a tout de suite voulu retourner au front. » L'homme acquiesce, soulève son pantalon en un geste de souffrance. « Tir de mortier », dit-il.

On continue. Les visages disparaissent, avalés par la sorcellerie des ruines[1].

Pour qui, pour quoi combattent encore ces jeunes ? De leur vie entière, ils n'ont jamais foulé la terre de Palestine. Quelle peut être leur motivation, si ce n'est celle de s'opposer au mal absolu qu'est Daech ? Ils ont dans la tête les souvenirs du camp où, autrefois, leurs parents avaient trouvé refuge et dans lequel ils sont nés, et ceux d'une Syrie en paix qui désormais se dissout dans une guerre qui étouffe tout le monde, loyalistes comme rebelles. Ces miliciens palestiniens ont le même sourire un peu triste que les très jeunes soldats croisés la veille dans le centre de Damas. Ces garçons et ces filles portant l'uniforme appartenaient à la Défense nationale. Ils sont en fait venus combler le vide laissé par les soldats plus âgés, partis combattre ailleurs en Syrie. Depuis l'arrivée des Russes dans la bataille, l'armée syrienne a entrepris une série d'offensives. Pour cela, il faut des hommes. Alors, sur l'arrière, des enfants aux vieillards, chacun se doit de mettre la main à la pâte. Cela rappelle un peu Berlin en 1945. Bachar El-Assad a reconnu lui-même l'été dernier que son armée « manquait de ressources humaines », mais qu'elle était toujours « capable de

1. Régis Le Sommier, « Yarmouk, Daech au cœur de Damas », *Paris Match*, 8 novembre 2015.

vaincre les rebelles». «Et ici, à Yarmouk, comment voyez-vous l'avenir ?» demandé-je à Abou Kifar Razi. «Nous allons libérer Yarmouk, chasser Daech», m'assure-t-il. «Nous allons libérer la Palestine, aussi», ajoute-t-il quelques secondes plus tard. On aurait dit qu'il l'avait presque oubliée, la Palestine. Moi aussi, d'ailleurs. Son drapeau, celui-là même qu'on a hissé un mois plus tôt devant les Nations unies à New York comme une marque de reconnaissance internationale, flotte pourtant dans toutes les ruelles du camp. On le retrouve également sur un dessin populaire tagué un peu partout. Il représente le monde arabe sous la forme d'une bannière plantée sur Israël qui, bien sûr, n'est jamais mentionné. En Syrie, quand il faut l'évoquer, on dit «l'entité», sioniste, cela va de soi. Mais ici, on est si loin de Gaza, loin de Ramallah et de la Cisjordanie. Le vieux combat des Palestiniens, matrice de la conscience arabe, est brusquement relégué au second plan, loin derrière Daech qui, lui, est juste de l'autre côté du mur.

13

La fortune

« Quand vient l'heure de nourrir l'estomac, on oublie la tête », dit un vieux proverbe arabe. Aujourd'hui, rien ne l'incarne davantage en Syrie que le marché al-Hal, à l'est de Damas. Situé en bordure du quartier Jobar où, on l'a vu, des combats de char se déroulent, il tire son nom des Halles de Paris. Ce souk fut en effet fondé pendant le mandat français en Syrie, entre 1920 et 1946. Pourquoi l'évoquer ici ? Parce que c'est le dernier lieu d'échanges vers lequel convergent chaque matin des camions venus de toutes les provinces du pays, qu'elles soient sous contrôle rebelle ou gouvernemental. Chaque jour à l'aube, le souk al-Hal voit cohabiter, l'espace de quelques heures, des plaques d'immatriculation du pays entier, et même de l'État islamique… Environ 400 tonnes de marchandises y sont échangées : citrons de Lattaquié, tomates de Homs, pommes de terre de Hama ou encore olives d'Idlib. L'apparente convivialité des lieux, qui réveille chez les Syriens la nostalgie d'une époque paisible, ne doit pas faire oublier le calvaire vécu par les chauffeurs routiers qui arrivent jusqu'ici. Par exemple, pour venir vendre ses oignons depuis la zone kurde d'al-Hassaka, située au nord du pays, un chauffeur doit traverser successivement les check-points de l'État islamique, ceux des rebelles d'al-Nosra et des autres groupes rebelles, et enfin ceux de l'armée syrienne[1]. À chaque fois, bien sûr, il doit payer une taxe. Lorsqu'il franchit le territoire tenu par Daech, ce même chauffeur doit planquer ses cigarettes, sinon la sentence sera de quarante coups de fouet, exécutable immédiatement, au bord de la route. Il ne doit pas oublier non plus de se débarrasser du reçu fourni, de peur d'être accusé par le groupe qui tient le territoire suivant de complicité avec leur ennemi. Héritée du baasisme, la bureaucratie pesante n'a pas disparu avec la révolution. Et elle contamine tout le monde.

Officiellement, il n'existe aucun accord économique entre l'État islamique et le gouvernement syrien, pas plus qu'entre ce dernier et les autres groupes rebelles. Cependant, cette « tolérance » pour le passage des camions montre comment, plus largement, en dépit de

1. Hala Jaber, « No Music, no Smoking : The Onion Man's 3-Day Slog through Isis Land », *The Sunday Times*, 25 octobre 2015.

la guerre acharnée que se livrent les différents acteurs, aucun camp ne peut se permettre de totalement asphyxier l'autre. Autrement, il s'asphyxierait lui-même. Au souk Al-Hal de Damas, il ne s'agit que de fruits et légumes, mais on peut aisément imaginer que d'autres « marchandises » transitent d'une façon plus ou moins identique.

La richesse de l'État islamique est un sujet d'étonnement. Avec la manne qu'il tire des trafics transfrontaliers, l'État islamique peut payer ses combattants mieux que les autres groupes djihadistes. Il contrôle, par exemple, les trois quarts du coton syrien dont la Syrie, avant la guerre, était le neuvième producteur mondial. Nos Karl Lagerfeld et Jean-Paul Gaultier pourraient donc, sans le savoir, réaliser leurs prochaines collections avec du tissu fourni par Daech. La porosité entre camps ennemis est bien réelle. Certains fonctionnaires vivant dans des zones tenues par Daech continuent de percevoir un salaire de la part du gouvernement syrien. Sur un plan économique, la guerre n'arrête jamais le business. L'histoire de Jeff Olberholtzer en est l'exemple le plus éclatant. En octobre 2013, ce plombier texan a revendu son pick-up siglé « Mark-1 Plumbing », avec son numéro de téléphone sur la carrosserie, à un concessionnaire local. Deux ans plus tard, il a la désagréable surprise de recevoir des centaines de coups de fil incendiaires et d'être la cible de menaces. Il comprend ce qui lui arrive en découvrant à la télévision qu'une photo de son pick-up prise dans la campagne syrienne fait la une des journaux. Le nom de sa société et son numéro de téléphone figurent toujours sur la carrosserie, mais le véhicule est surmonté d'une batterie antiaérienne en pleine action manœuvrée par un djihadiste... Après avoir été revendu en de multiples occasions, le pick-up de Jeff Olberholtzer a traversé l'Atlantique à bord d'un cargo pour se retrouver en Turquie, d'où il a été revendu à un groupe djihadiste – en toute légalité ! – avant de franchir la frontière syrienne.

La question la plus énigmatique demeure celle des hydrocarbures et de l'économie parallèle qu'ils génèrent. Un an et demi après le début de l'intervention de la coalition en Syrie, on peut s'étonner que Daech parvienne encore à vendre un pétrole qui lui garantit la bagatelle de 1,1 million de dollars par jour. C'est pourtant la réalité. Le pétrole reste la principale source de revenus de l'État islamique, et ce malgré l'effondrement des cours du brut l'an dernier. Avant la guerre, la Syrie figurait au vingt-neuvième rang des producteurs mondiaux avec 26 millions de tonnes. Le pétrole représentait 75 % des recettes d'exportation syriennes, soit 3,8 milliards de dollars.

Dans l'application du plan de conquête qu'Haji Bakr nous a révélé post-mortem, la dimension économique prend bien sûr une place primordiale. L'objectif était de mettre la main sur les puits de pétrole. Cette phase cruciale a été mise en œuvre très tôt. Aujourd'hui, Daech contrôle la presque totalité du pétrole syrien. Les puits sont situés essentiellement à l'est de Deir Ez-Zor. Les principaux sont les gisements d'Al-Omar et d'Al-Tanak. D'après le *Financial Times*, ils auraient produit, au mois d'octobre 2015, entre trente-cinq mille et quarante mille barils par jour[1].

Comment cela se peut-il lorsqu'on sait que, nuit et jour, Américains, Russes, Français, Anglais, Jordaniens, avec presque tout ce que le monde occidental et ses alliés moyen-orientaux comptent d'objets volants pouvant larguer des bombes, pilonnent les infrastructures de Daech pour en briser la colonne vertébrale ? Certes, les frappes aériennes ont permis de réduire de 30 % la production en décembre 2015. Pourtant, aussi étonnant cela soit-il, elles n'ont pas réussi à interrompre l'extraction et le transit du pétrole. Ces activités ont été adaptées aux circonstances de la façon suivante : autour des puits, il existe une multitude de négociants qui achètent le pétrole en petites quantités.

1. Erika Solomon, Robin Kwong, Steven Bernard, « Inside ISIS Inc : The Journey of a Barrel of Oil », *Financial Times*, 11 décembre 2015.

Avant les frappes, des centaines de camions patientaient sur des kilomètres pour remplir leurs cuves. Désormais, l'État islamique distribue des numéros à chaque chargement, avec une heure précise pour le remplissage. Résultat, les longues files d'attente, qui formaient des cibles idéales pour les avions de la coalition, n'existent plus. Sur le forage d'Al-Omar, une frappe récente a détruit l'équipement qui permettait un contrôle centralisé de la production. Il est désormais plus compliqué de s'approvisionner : 50 kilomètres séparent parfois les puits les uns des autres.

Une fois le pétrole collecté, il faut le raffiner. Cette étape cruciale se déroule chez l'autochtone. Une myriade de microraffineries, invisibles depuis le ciel, ont ainsi vu le jour, camouflées au milieu des habitations. Le pétrole raffiné est acheminé sur divers marchés à travers l'Irak et la Syrie. Ceux-ci sont situés en ville et donc impossibles à bombarder sans faire des ravages dans la population. Daech tire la majeure partie de ses revenus du pétrole qu'il vend aux habitants du califat, soit environ trois millions de Syriens et quatre millions d'Irakiens. Une fois ces transactions effectuées dans les marchés, l'État islamique ne le possède plus. Dans la ville de Mossoul, le pétrole est ainsi vendu directement à des mini stations essence, dotées chacune de deux pompes que l'on trouve presque à chaque coin de rue. Daesh a encaissé l'argent et le pétrole poursuit son obscur chemin à travers les méandres du commerce international. Ainsi, lorsque le président russe Vladimir Poutine accuse le Premier ministre turc Recep Tayyip Erdogan d'écouler le pétrole de Daech, il a raison. Mais quand ce dernier accuse en retour les Russes d'écouler ce même pétrole, il dit aussi la vérité.

La contrebande est également un élément majeur, même si elle a beaucoup diminué, non à cause d'un contrôle plus strict de la frontière – notamment avec la Turquie –, mais parce que les cours du brut se sont effondrés.

L'État islamique s'est aussi fait une spécialité d'écouler les antiquités puisées parmi les trésors archéologiques de Syrie et d'Irak. Sa propagande glorifie la destruction de la cité de Nimroud en Irak et le plasticage des temples de Palmyre. Toute civilisation préislamique est considérée comme une manifestation d'idolâtrie qui doit s'effacer devant la « vraie » religion, l'islam. En réalité, le commerce d'objets issus de ces mêmes civilisations ne pose aucun problème aux djihadistes. Si la communauté internationale traque impitoyablement ces objets dans les diverses enchères d'art et en interdit le commerce, il existera toujours des collectionneurs disposés à acheter sous le manteau, et au prix fort, les restes des civilisations de

Zénobie et de Babylone. Du même coup, ces amateurs d'art financent ceux-là mêmes qui se sont fixés pour principe d'éradiquer les joyaux antérieurs à l'Islam.

14

Les lions

« L'étincelle a été allumée en Irak et est devenue un feu qui brûlera, par la volonté d'Allah, jusqu'à ce qu'il ait consumé les armées de la Croix à Dabiq. » Ce *hadith,* parole du prophète Mahomet, évoque la grande bataille finale, celle qui précipitera la victoire des musulmans sur les armées des croisés. Dabiq est le nom d'un village syrien situé à l'extrême nord du pays où doit se produire cette bataille de la fin des temps, avant le Jugement dernier. C'est l'aboutissement d'une guerre de civilisations dans laquelle les musulmans doivent triompher. Il est intéressant de noter que l'État islamique reprend à son compte la théorie de Samuel Huntington du « Choc des civilisations », chère à George W. Bush et aux néoconservateurs, situant cette fois ce choc non plus entre Orient et Occident, mais entre Islam et Christianisme.

Dans une des vidéos qui remonte à l'époque d'Al-Qaida en Irak, ce *hadith* est récité par Zarqaoui lui-même. Chaque mois depuis un an, l'État islamique publie sur Internet *Dabiq*, un magazine à la présentation très moderne qui fait le tour de l'actualité du djihad. En exergue, on trouve le *hadith* de Zarqaoui, le père fondateur de l'État islamique. Il n'est pas rare que *Dabiq* rende hommage à certains « soldats du califat » comme « Jihadi John », le bourreau numéro un de Daech, tué par une frappe de drone en novembre 2015, ou qu'il mette à l'honneur John Cantlie, otage et propagandiste contraint et forcé depuis sa capture en novembre 2012, dont la prose est d'ailleurs d'un niveau bien supérieur au reste du magazine. Même détournée pour des besoins de propagande, l'excellence journalistique britannique demeure.

L'édition de *Dabiq* du mois de février 2015[1] consacrait un article à un petit nouveau, un combattant d'origine belge, Abdelhamid Abaaoud. Dans une interview, celui-ci décrivait de façon étonnante comment il avait su déjouer la surveillance de la police pour retourner dans le pays où il était né, la Belgique. Sur une photo, Abaaoud posait avec deux autres djihadistes, tués par la police belge lors d'une opération antiterroriste à Verviers, dans l'est du pays. Le magazine en profitait pour publier le testament de ces deux hommes. Mais quelque chose

1. « Interview with Abu Umar Al Baljiki », *Dabiq*, février 2015.

paraissait étrange. Pourquoi mettre en avant Abaaoud plus qu'un autre combattant ? Qu'avait-il fait de si exceptionnel pour mériter cette interview, publiée à la suite d'un long éloge d'Amedy Coulibaly, le terroriste de l'Hyper Cacher de Vincennes ?

Abdelhamid Abaaoud s'est fait connaître presque par hasard. En février 2014, un journaliste français se trouve dans la localité de Marea, une bourgade située entre Alep et la frontière turque. Des habitants lui remettent alors des téléphones portables retrouvés après le repli de Daech de la zone. À l'intérieur, plusieurs vidéos. Abaaoud y apparaît au milieu de ses frères de combat, belges et français. Une offensive vient de s'achever, conduite, d'après ce que le djihadiste belge déclare, par des combattants russophones. La brigade française de Daech n'a donc pas pris part aux affrontements. En revanche, on l'a chargée de rassembler les cadavres des ennemis tués et de les conduire à une fosse commune. Ainsi voit-on Abaaoud, pakol afghan en laine sur la tête, au volant d'un pick-up. « Avant, dit-il, je tractais des scooters des mers, des quads, des motocross, des grosses remorques remplies de bagages et de cadeaux pour aller en vacances. » Cette fois, le chargement est d'une nature différente : il s'agit d'une dizaine de corps de *koufar* (infidèles) ligotés. Certains de ses camarades semblent très jeunes. L'un d'eux vient d'arriver en Syrie, ce pays qu'Abou Omar (le nom de guerre d'Abaaoud) lui décrit comme un paradis sur terre. Sur une autre vidéo, ils plaisantent entre eux, s'amusent à se filmer avec l'iPhone, comme des gamins. Certains se réchauffent auprès d'un feu de camp.

Un an plus tard, *Dabiq* consacre trois pages à Abdelhamid Abaaoud. Une promotion fulgurante ! Rétrospectivement, cette ascension dans la hiérarchie du groupe s'explique par le rôle opérationnel qu'Abaaoud va bientôt se voir confier dans les attentats de Paris de novembre 2015. Il n'est cependant pas celui qui a planifié les attaques comme certains médias l'ont déclaré. Plusieurs détails le prouvent.

Abdelhamid Abaaoud dirige très probablement l'équipe qui mitraille les terrasses. « Hamid », comme l'appellent ses amis proches, circule alors au volant d'une Seat noire. Il dépose Brahim Abdeslam au *Comptoir Voltaire* où ce dernier actionne sa ceinture d'explosifs. Après avoir pris part au mitraillage, il abandonne son véhicule dans une rue de Montreuil avec à bord une kalachnikov – et ses empreintes dessus. Il prend alors le métro. Abaaoud revient sur les lieux après les attentats, au moment où les secours interviennent, en se mêlant à la foule des Parisiens. À 22 h 14, sur une bande de vidéosurveillance du métro, on le voit enjamber le tourniquet d'une station. Il est habillé de noir et porte aux pieds des baskets de couleur orange. On ne saurait être plus discret... Croyez-vous vraiment que le cerveau des opérations du 13 novembre aurait omis d'acheter un ticket de métro ? Croyez-vous qu'il aurait pris le risque de se faire interpeller par des contrôleurs alors que sa mission n'était pas terminée ? Poser la question, c'est déjà y répondre.

Dans les jours qui suivent les attentats, les comportements d'Abdelhamid Abaaoud et de Salah Abdeslam, un autre complice toujours en fuite, montrent des terroristes paniqués. Ils cherchent à joindre leurs proches pour échapper à la capture, demandent de l'aide quitte à se faire repérer par le biais de leur téléphone portable. L'amateurisme dont ils font preuve à ce moment tranche avec la préparation des opérations conduites dans Paris. Comme si, dans le projet initial, il n'y avait pas de lendemain pour eux, et que la machine de mort qu'ils avaient déclenchée s'était grippée à un moment. On finit par apprendre qu'entre le 13 et le 17 novembre, pendant quatre jours, Abdelhamid Abaaoud a vécu planqué dans un buisson aménagé par des SDF, rue Marcel Carné à Aubervilliers, en contrebas de l'autoroute A86. Sa cousine, Hasna Aït Boulahcen, est venue le chercher là pour le conduire dans l'appartement de Saint-Denis où ils ont trouvé la mort au cours de l'assaut du Raid le matin suivant.

Abdelhamid Abaaoud était un remarquable chef de bande, sans doute un élément clef dans la motivation et le recrutement des kamikazes de Paris. Sa vantardise et sa légèreté laissent perplexe quant au rôle de concepteur de l'opération que certains médias ont bien voulu lui attribuer. En scrutant son profil et celui des kamikazes de Paris, on est en droit de s'interroger.

Comment des jeunes originaires de banlieues pauvres, avec un passé de délinquants banals, peuvent-ils développer une telle haine envers la société dans laquelle ils ont grandi, jusqu'à commettre de tels actes ? Philosophes, journalistes, hommes politiques, historiens, sociologues n'en finissent plus de proposer leurs explications et solutions, souvent contradictoires, et donc de s'opposer – sans jamais cesser de parler de Daech...

Daech suscite ainsi la polémique et la révulsion, c'est son but. Il a passé en revue tout ce qui peut heurter l'Occident dans ses valeurs et s'applique à les fouler aux pieds à travers ses superproductions. Mais il suscite aussi une attirance morbide dans nos sociétés en manque de stimulant pour remplir les âmes, auprès d'individus qui n'ont plus comme religion qu'un ballon rond et dont la relation à la police, au collectif et à la République en général n'est plus qu'administrative. Car si Daech châtie ses ennemis, il garantit à ses partisans une camaraderie vertueuse dans laquelle se rassemblent désœuvrés et récents convertis. Il propose un islam sommaire mais suffisant pour satisfaire le combattant de base, dont la connaissance du Coran est en général très relative. Son idéal est marqué par une part importante consacrée à l'au-delà et à l'irrationnel. À la manière d'une secte, la vie sur terre n'est qu'un passage vers un ailleurs merveilleux, et dans l'itinéraire, tout doit être fait pour se conformer à la volonté d'Allah.

Intéressons-nous un instant au stade ultime de ce mépris de la vie terrestre : devenir kamikaze. Il reste remarquable de constater que huit des membres du commando du 13 novembre ont actionné une ceinture d'explosifs au cours de l'opération. Abaaoud lui-même n'est pas mort sous les balles du Raid à Saint-Denis comme on l'a d'abord cru. Il a été tué par les boulons de la ceinture d'explosifs qu'a actionnée au cours de l'assaut, Chakib Akrouh, le terroriste dont l'identité, confirmée par rapprochement ADN, a été révélée par le parquet de Paris le 14 janvier. Hasna Aït Boulahcen, sa cousine, a péri étouffée dans les décombres de l'immeuble.

Les kamikazes qui visaient le Stade de France n'ont pas provoqué le carnage escompté. Il y a eu un seul mort, Manuel Colaço Dias, un chauffeur de bus venu de Reims accompagner des supporters, et quelques blessés. C'est absolument tragique, mais finalement peu pour une opération impliquant trois terroristes. Incapables de pénétrer dans le stade pour accomplir leur mission – mais comment avaient-ils pu imaginer y accéder sans billet ? –, ils devaient mourir tout de même. On se souvient que, malgré sa fine connaissance des salafistes djihadistes, le général McChrystal s'étonnait de leur capacité et de leur rapidité à transformer des êtres inoffensifs en bombes humaines. En effet, il semble exister chez le kamikaze un processus de non retour.

Le 2 avril 2010, en Afghanistan, je me suis retrouvé par hasard face à l'un d'entre eux. Deux jours plus tôt, cinq attentats suicides avaient frappé la ville de Kandahar, touchant notamment une école. Les victimes, en grand nombre des enfants, avaient été transférées dans un hôpital tenu par l'armée afghane sur la zone de l'aéroport, qu'on nous proposait de visiter. À notre arrivée, on nous présente un homme allongé sur un brancard dans une petite pièce aux murs jaunes gardée par deux soldats. Il a les yeux grands ouverts. En m'approchant du lit, je découvre son ventre ouvert et l'estomac qui en dépasse. En d'autres circonstances, j'ai noté combien l'œil détecte immédiatement la chair humaine, même au milieu des décombres les plus impénétrables. Là, l'horreur s'étale devant moi, telle qu'il n'est pas possible de voir autre chose. La plaie doit faire dans les 30 centimètres. Il y a très peu de sang. Les boyaux sont visibles. On dirait une planche d'anatomie pour classes primaires. L'infirmier est en train de nettoyer les bords du trou béant et je comprends en l'écoutant parler à un médecin américain que l'homme portait une ceinture d'explosifs. Il s'est ouvert le ventre avec le détonateur sans que la charge explose. Cet homme a voulu mourir pour en tuer d'autres et il gît là, bien vivant sur ce lit, condamné à une vie invivable, suspendu au bon vouloir de ceux qui le soignent et qu'il déteste tant. Il me regarde, ses yeux mobiles, son visage serein et barbu, ses traits purs. Il est très jeune. Dans les salles aux alentours, on soigne les dizaines d'enfants victimes des attentats que les autres kamikazes ont commis. Malgré des demandes répétées, les Américains ne m'autoriseront pas à faire appel à leur traducteur pour lui parler.

David Thomson, journaliste de RFI spécialisé dans les mouvements djihadistes, demandait à un Français de Daech « repenti » de décrire son expérience. « C'était comme une année Erasmus », disait celui-ci. La vie sous le califat s'est avérée n'avoir pourtant rien d'une promenade estudiantine. La propagande somptueuse de l'État islamique souffre des mêmes travers que celle des expériences totalitaires du XXe siècle : le caractère déceptif d'un idéal impossible à atteindre. Le nombre croissant d'apprentis djihadistes cherchant à revenir en Europe met en lumière une version moins idyllique du paradis d'Allah. Une fois la frontière turque franchie, il n'y a bien souvent plus de retour en arrière possible, sous peine de rencontrer la justice au coin du bois. Il reste qu'on a franchi la barre du millier de Français venus faire leurs classes en Syrie. D'autres, tout aussi nombreux, s'en revendiquent sans même s'y être rendus.

Daech avait promis d'utiliser la crise des réfugiés, que son régime de terreur a en partie déclenchée, pour infiltrer l'Europe. Il a tenu parole. Il y a une constante avec ce groupe : il fait toujours ce qu'il dit qu'il va faire. De même qu'il ne revendique jamais un attentat ou une action qui ne sont pas les siens. À travers les frères Kouachi, Amedy Coulibaly, Sid Ahmed Ghlam, Ayoub El-Khazzani, Abdelhamid Abaaoud et les frères Abdeslam, l'État islamique parvient, grâce à des individus qui n'ont rien d'une troupe d'élite, à instiller la terreur en Occident en donnant l'impression d'une capacité d'action qu'aucune police au monde ne serait en mesure de déjouer. À l'époque de Mohamed Merah, on parlait de « loups solitaires ». Il ne fallait surtout pas affoler l'opinion. Ces terroristes étaient des individus autoendoctrinés sur Internet, qui n'auraient eu qu'un contact flou avec l'organisation.

C'était oublier que les loups attaquent en meute et que s'il s'agit bien d'un animal au comportement asocial, il sait faire alliance avec ses pairs pour mieux frapper ses ennemis. Les services de renseignements français ont acquis depuis la certitude qu'il existe au sein de Daech une cellule qui pilote les attentats dans le monde. À sa tête, le porte-parole de l'État islamique, Abou Mohammed Al-Adnani.

Compagnon de route des premières heures de Zarqaoui, Abou Mohammed Al-Adnani a quitté dès 2004 sa Syrie natale pour rejoindre l'insurrection en Irak. À la différence de Zarqaoui, il n'a jamais recherché la lumière. C'est ce qui, jusqu'à présent, lui a permis d'échapper aux drones et de survivre à huit années d'occupation américaine en Irak. Aujourd'hui encore, il reste discret, privilégiant des déplacements à bord d'une voiture banalisée avec escorte minimale. Officiellement, Adnani est le chef de la propagande de l'État islamique. Mais il est également membre du Conseil de la Choura (l'autorité suprême de Daech) qui nomme les gouverneurs des administrations provinciales ainsi que les chefs des différents services de renseignements.

Ce ne sont pas les seules attributions d'Adnani. Si les Américains l'ont placé, devant Baghdadi, en numéro un sur leur liste des terroristes à abattre, ce n'est pas un hasard. On se souvient que Khalid Cheikh

Mohammed, le cerveau du 11-Septembre, avait mis au point la tactique des « franchises » d'Al-Qaida. Comprenant qu'après l'invasion de l'Afghanistan son organisation était condamnée à une clandestinité forcée, il voulait encourager l'émergence de cellules quasi autonomes, capables d'agir avec l'approbation de l'autorité centrale, mais sans aide logistique, avec le choix du mode opérationnel. Sur le même modèle ou presque, Adnani applique le principe de l'attentat opportuniste et de l'action spontanée contre l'Occident. Celui qui a théorisé ces pratiques au sein de la nébuleuse djihadiste se nomme Abou Moussab Al-Souri. « L'ennemi est fort et puissant, nous sommes faibles et pauvres. La guerre sera longue. Notre seule voie est celle d'un djihad révolutionnaire au nom d'Allah », écrit ce vétéran d'Al-Qaida et du djihad contre les Russes en Afghanistan, originaire d'Alep. Dans son ouvrage intitulé *Appel à la résistance islamique mondiale*, il prône un djihad décentralisé, « *nizâm la tanzim* » (un système et pas une organisation), des cellules formées de jeunes radicalisés nés en Europe, alliés à des djihadistes revenus de Syrie, et qui peuvent frapper n'importe où, n'importe quand. Si Abou Moussab Al-Souri recommande de s'attaquer à l'Europe plutôt qu'aux États-Unis, c'est parce que, selon lui, c'est le « ventre mou » de l'Occident. Les attentats, espère-t-il, provoqueront des réactions de rejet contre les musulmans présents sur ces territoires qui, du même coup, rejoindront la cause du djihad. Son but ultime : provoquer la guerre civile. Il est conforme aux visées de Zarqaoui lorsque ce dernier entendait dresser les sunnites contre les chiites en Irak. Objectif que, on le sait, Zarqaoui a atteint avec succès.

Ces cellules n'ont pas besoin d'être composées de l'élite de Daech. Et en effet, quand on fait la somme des tentatives d'attentats commises depuis le début de l'année en Europe, on se rend compte que de nombreux ont échoué. Abdelhamid Abaaoud et les terroristes qui formaient les commandos du 13 novembre ont commis beaucoup d'erreurs. Ils sont néanmoins parvenus à mettre la France à genoux à l'aide de quelques kalachnikovs de médiocre qualité achetées sur le Net à un trafiquant d'armes basé en Allemagne, et d'une dizaine de détonateurs dénichés dans une entreprise de l'Oise. Certaines ceintures ont d'ailleurs très mal fonctionné pendant les attentats, permettant en un sens de limiter le carnage. Le journal *Le Monde* rapporte cette scène surréaliste, tirée des procès-verbaux de l'enquête, au sujet de la mort de Brahim Abdeslam à la brasserie *Comptoir Voltaire*. « À 21 h 41, l'aîné de la fratrie [Abdeslam] entre dans la salle. Dix secondes plus tard, debout au milieu des tables, il porte la main gauche à son visage, comme pour le dissimuler à la caméra, et la main droite à son blouson. Les images suivantes montrent un nuage de fumée blanche s'échapper de son dos, puis deux éclairs le foudroyer. Brahim Abdeslam est projeté vers l'avant et s'effondre sur une table où discutent deux jeunes hommes, un trou béant dans le dos. La ceinture a dysfonctionné. Le terroriste a explosé dans un nuage de plumes, celles de son anorak, sans faire de morts. »

La différence est criante avec un Mohammed Atta, par exemple. Le chef du commando du 11-Septembre avait mené des études d'architecture à l'université de Hambourg en Allemagne. Hors de son cercle religieux où il exprimait à huis clos sa radicalité, il avait su garder profil bas. Après une phase d'endoctrinement au Pakistan, il était retourné en Europe, puis aux États-Unis, et s'était fondu dans la société. À l'inverse du passé de délinquants des terroristes de l'État islamique, rien dans son comportement ne pouvait attirer l'attention. Il avait pu, sans éveiller les soupçons, contacter des écoles pour prendre des cours de pilotage… Il est vrai que détourner des avions pour les faire s'écraser dans des tours demande d'autres compétences que d'attaquer un stade, une salle de spectacle et des terrasses noires de monde un vendredi soir.

15

La colonie

En octobre 2015, un des hauts gradés de l'État islamique, Abou Ali Al-Anbari, débarque en Libye par la mer[1]. Cet ancien officier supérieur de l'armée de Saddam Hussein, encore un, a mêlé son embarcation à celles des migrants qui sillonnent la Méditerranée depuis la fin de l'été. Le drame humanitaire qui frappe la Mare Nostrum est si intense qu'il ne laisse pas le temps aux garde-côtes des pays riverains de vérifier qui se trouve à bord des embarcations. L'État islamique s'y sent, pardonnez l'expression, comme un poisson dans l'eau. Deux des kamikazes de Paris ont choisi ce mode de transit pour gagner l'Europe.

Abou Ali Al-Anbari ne cherche pas à commettre d'attentats, en tout cas pas pour le moment. Il y a un petit moment que Daech travaille à son implantation

1. David Kirkpatrick, Ben Hubbard, Eric Schmitt, « ISIS'Grip on Libyan City Gives it a Fallback Option », *New York Times*, 28 novembre 2015.

en Libye. Il faut dire que les conséquences de la guerre franco-britannique qui, en 2011, provoqua la chute de Mouammar Kadhafi lui ont offert une opportunité de choix. D'abord, cette guerre a ouvert le robinet des armes. Nombreuses sous la dictature, elles se sont retrouvées – comme toujours – dans les pires mains lors du chaos qui a suivi. De Ansar Dine à al-Mourabitoune jusqu'à Boko Haram, tout ce que l'Afrique de l'Ouest compte de groupes salafistes en a profité. Un reportage effectué en 2012 avec la Légion étrangère dans l'Adrar des Ifoghas [1], au nord-est du Mali près de l'Algérie, m'a permis de constater de visu qu'une grosse partie de l'impressionnant stock d'armes saisi dans ce massif provenait de Libye, pays avec lequel le Mali n'a aucune frontière. On peut même affirmer que c'est cette soudaine abondance d'armes et d'équipements militaires libyens qui a contraint la France à intervenir dans l'urgence pour soutenir Bamako et éviter que le pays ne tombe aux mains des djihadistes. L'armée malienne n'aurait pas fait le poids face aux colonnes d'islamistes motivés et bien équipés qui, depuis le nord du pays, fondaient sur la capitale avec la ferme intention de la conquérir. L'opération Serval, démarrée en janvier 2013, est venue

1. Régis Le Sommier, « La légion dans l'antre d'Aqmi », *Paris Match*, 13 mars 2013.

juste à temps contrarier leurs plans. Elle représente un des rares succès de la France et de l'Occident ces dernières années pour faire reculer les djihadistes. Hélas, si le Mali a été sauvé – provisoirement –, on ne peut pas en dire autant de la Libye.

Ce pays est la première implantation de l'État islamique en dehors de l'entité créée entre Irak et Syrie. Ailleurs, d'autres groupes salafistes lui ont fait allégeance, sans toutefois fusionner. Ce qui prouve que, même attaqué de partout, Daech continue de se déployer inexorablement. Tout commence en février 2015, lorsqu'un des multiples groupes armés qui ont mis en coupe réglée la Lybie depuis la chute de Khadafi, choisit d'ériger le drapeau noir du califat sur Syrte, l'ancien fief du Raïs libyen. Ce n'est alors qu'une façon pour eux de montrer les muscles et de faire parler d'eux. Puis la colonie grandit. Elle occupe bientôt une bande côtière de plus de 200 kilomètres. On parle de trois mille djihadistes, dont une grosse partie est à Syrte. Un état-major vient enfin en renfort depuis l'Irak. Dans la ville, on n'entend plus alors aucune musique – et les décapitations en public, visant surtout des individus accusés de sorcellerie, font leur apparition.

Pourquoi la Libye ? D'abord parce que, sous l'impulsion d'Abou Bakr Al-Adnani, les opérations extérieures ont gagné en importance. Syrte n'est situé qu'à 600 kilomètres de la Sicile et pourrait servir de base arrière pour préparer des attentats en Europe. Grâce au chaos qui y règne, la Libye a déjà été utilisée pour frapper la Tunisie voisine. Les terroristes du musée du Bardo et de la plage de Sousse y ont été formés et ils ont transité par la ville de Sabratha, à l'est de Tripoli, aux mains des djihadistes depuis 2014. Ensuite, parce que l'État islamique, malgré sa dynamique, commence à souffrir des bombardements massifs de la coalition. L'entrée en jeu des Russes dans le conflit a aggravé les choses. La vie à Raqqa et à Mossoul est devenue insupportable. « Le groupe a perdu partiellement sa capacité de mouvement, estime le chercheur irakien Hicham Al-Hachimi, à cause des raids dont il est la cible, de l'anéantissement de ses dépôts logistiques et de la perte de plusieurs routes d'acheminement. Il a également perdu de nombreux kamikazes qui jouent un rôle primordial dans les attaques. »[1]

Dans ce contexte, la colonie libyenne pourrait jouer un rôle d'avenir pour Daech. La Libye est l'endroit où la décomposition de l'État est la plus avancée. En Syrie ou en Irak, il est certes mal en point, mais il continue d'exister. En Libye, la représentation nationale est disputée entre deux parlements. Le plus récent, issu

1. AFP, 21 décembre 2015.

des élections de 2014 et qui possède l'appui de la communauté internationale, est basé à Tobrouk. L'autre, le Congrès général national, établi à Tripoli, refuse de céder la place. Cette situation consacre de facto la partition du pays sur une vieille ligne de fracture, entre Cyrénaïque et Tripolitaine (Benghazi et Tripoli, l'ouest et l'est du pays). Ajoutez à cela la présence dans le pays d'une multitude de milices qui ont fait allégeance à ces parlements, mais qui en réalité n'en font qu'à leur tête. Ces milices sont aujourd'hui bien plus motivées pour se combattre les unes les autres que pour affronter l'État islamique.

La Libye offre de nombreux avantages aux djihadistes. Dans une bonne partie de l'Afrique, Daech dispose d'un soutien de groupes salafistes armés. En Libye, il lui est facile de s'approvisionner. Le désert garantit des possibilités d'infiltration et de camouflage exceptionnelles. Les pays riverains, l'Algérie, la Tunisie, le Tchad ou l'Égypte, minés par leurs problèmes internes, sont incapables de prendre la tête d'une expédition pour chasser Daech. Si d'aventure les choses tournaient court au Moyen-Orient, Daech prépare en Libye une base de repli dont il ne sera pas facile de le déloger.

16

L'avenir

Au jeu des pronostics, l'avenir de l'État islamique, au départ, c'était du dix contre un. Un peu comme pour ce petit groupe d'agités qui, un jour d'octobre 1916, chassait le tsar de toutes les Russies. Qui aurait alors parié que les bolcheviques, dépositaires comme Daech d'une idéologie messianique et totalitaire, remodèleraient la carte du monde, et qu'il faudrait, bon gré mal gré, faire avec eux pendant soixante-dix ans ? Au début de la révolution russe, les États-Unis, la France et l'Angleterre soutenaient les « Russes blancs » et les forces fidèles au tsar. Le Japon à l'est et la Pologne à l'ouest prenaient en tenaille les forces révolutionnaires. Les bolcheviques ne purent compter que sur eux-mêmes. Ils s'imposèrent par la peur générée par l'armée rouge, mais aussi par une savante stratégie de financement – le biais d'un racket organisé dont Staline, homme de l'ombre à l'époque, était un des acteurs. Si l'on pousse la comparaison entre les bolcheviques et Daech, on pourrait dire qu'à côté, Al-Qaida ressemble aux anarchistes du XIXe siècle ou aux trotskistes. Les anarchistes marquèrent les esprits par leurs attentats spectaculaires, mais ne parvinrent à imprimer leur marque sur une société quelconque. L'influence des seconds ne dépassa pas quelques guérillas du tiers-monde et le périmètre mental d'universitaires, de journalistes et d'hommes politiques occidentaux. Avec Daech en revanche, la stratégie n'est plus de construire un réseau international ou de prôner une révolution mondiale, mais d'abord de conquérir et de conserver un territoire.

Cependant, les similitudes entre les bolcheviques et Daech s'arrêtent là. Les premiers ont grandi dans les villes. Daech prospère au départ dans les zones rurales et dans les agglomérations les plus « traditionalistes ». À Raqqa, capitale de l'État islamique, et même à Deir Ez-Zor, plus à l'est, les deux tiers de la population sont illettrés et 50 % travaillent dans l'agriculture. Épuisée par la Première Guerre mondiale, la communauté internationale n'a pu intervenir aussi massivement contre les bolcheviques qu'aujourd'hui contre Daech. En outre, Lénine et les siens disposaient de relais dans l'intelligentsia des pays occidentaux. Une partie de l'opinion avait de la sympathie pour leur cause, tandis que Daech recrute en Occident dans une catégorie de jeunes désorientés, issus pour la plupart de l'immigration, et dont les vies oscillent entre chômage, nihilisme et jeux vidéo.

L'État islamique met toujours une attention obsessionnelle à se représenter comme un État. Lors d'un raid en mai 2015 au cours duquel Abou Sayyaf, le responsable des finances de Daech, a été tué, les Forces spéciales américaines ont mis la main sur un ensemble de documents qui révèle le degré de sophistication de l'État islamique. Tout est géré à partir des *diwan*, des sortes de superministères. L'un d'eux possède la gestion des ressources naturelles et du trafic d'antiquités. Un autre s'occupe des prises de guerre, en particulier des esclaves. Tout est codifié par le biais de *fatwas* classées et datées. Un des documents s'intitule « Règles du Créateur sur la mise en esclavage des prisonnières ». Du viol autorisé au sort des esclaves avec des enfants en bas âge, la bureaucratie de l'État islamique couvre toutes les pratiques, même les plus sordides. Dans un autre document, est évoquée la permission pour un garçon de voler son père s'il utilise l'argent pour partir faire le djihad.

Chez Daech, la paperasserie va du permis de pêche sur l'Euphrate jusqu'aux certificats de décès avec tampon de l'organisation envoyés en Europe aux familles de djihadistes morts au combat. À Mossoul, récemment, la bureaucratie mortifère a livré la pleine mesure de son ignominie en placardant sur les murs de la ville une liste de deux mille soixante-dix noms. Il s'agissait d'hommes et de femmes disparus depuis la conquête de la ville l'année précédente. Par ce geste, l'organisation reconnaît leur exécution, sans restituer leurs corps. Interdiction aux habitants de prendre les listes en photo. Chacun doit se déplacer en personne. Il est recommandé de n'exprimer aucune émotion en découvrant le nom de son proche. Toute réaction d'hostilité est châtiée par une milice qui observe la foule. Les habitants de Mossoul ont l'habitude de ces perversions. Ils ont tout vu, tout subi : décapitations publiques quotidiennes, homosexuels jetés du haut des immeubles, couples adultères lapidés, coups de fouet, parfois simplement pour une cigarette ou pour avoir regardé un match de foot…

Daech se sert aussi des bombardements de la coalition pour dénoncer cet Occident qui écrase les sunnites et laisse Bachar tranquille. Sur le terrain, pour amortir leur impact, l'organisation immerge ses combattants au sein de la population. Elle a laissé de côté ses longs cortèges, drapeaux noirs au vent, pour se camoufler dans des véhicules civils. Elle s'est construit un nombre considérable d'abris enterrés et de souterrains. Elle manie le kamikaze motorisé comme jamais, tant dans ses offensives, comme à

Ramadi, que dans ses combats défensifs, comme à Tikrīt où, à cause des bombes humaines, la reconquête de la ville a piétiné plusieurs semaines. Les exemples de Tikrīt et de Ramadi, où 80 % de la ville ont été détruits, laissent augurer des ressources que nécessiterait une opération terrestre partant de Bagdad pour reprendre toutes les villes sur l'Euphrate jusqu'à Raqqa.

Une telle offensive est aujourd'hui pourtant le meilleur scénario pour en venir à bout, tout du moins d'un point de vue militaire. Michel Goya, expert des conflits modernes, estime que dans la seule phase de conquête, il faudrait « dix fois ce que la France a déployé avec l'opération Serval [au Mali], soit quarante mille hommes avec des milliers de véhicules blindés terrestres et d'aéronefs. »[1] Soit 20 millions d'euros par jour, au minimum. Actuellement, aucune force dans la région n'est en mesure de mener pareille opération, surtout pas l'Irak qui, malgré les milliards de dollars engloutis depuis 2004 par les États-Unis pour former son armée, ne parvient toujours pas à surmonter le handicap de sa faible cohésion nationale.

À Ramadi, en décembre 2015, le Premier ministre irakien Haïder Al-Abadi a pourtant su prouver que son

1. Michel Goya, « Détruire les capitales du "califat" », *Le Monde*, 1er juillet 2015.

armée était capable de vaincre Daech. Cette première victoire, plus symbolique que stratégique, l'autorise désormais à espérer la reconquête de Falloujah puis celle de Mossoul, avec l'appui des peshmergas kurdes.

l'État islamique a reculé. Au sud de Bagdad, il a perdu les villes de Jurf Al-Sakher, Mahmoudiya et Al-Madaeen. Au nord-est, il ne menace plus celles de Samara et Baqouba. En octobre, toujours en Irak, Daech a perdu le contrôle de la ville de Baïji et de son important complexe de raffinage. Un mois plus tard, Sinjar tombait. C'était un nœud routier entre les deux pôles de l'État islamique, Raqqa et Mossoul. En Syrie, l'armée gouvernementale a brisé un siège de deux ans autour de la base de Kweires, au sud d'Alep. À l'est de Homs, elle est désormais en vue de Palmyre. Au long de l'année 2015, l'État islamique a vu son territoire se réduire de 15 %. Il a été contraint de se replier sur la région d'Al-Jazira, la Mésopotamie supérieure, une vaste zone sunnite où il continue à jouir d'un soutien solide parmi la population. À la frontière turque, le passage des combattants étrangers commence à se tarir. En faisant reculer Daech, les Kurdes ont repris de nombreux points de passage. De plus d'un millier de combattants par jour à certaines époques, ils ne sont plus qu'une poignée à rejoindre la Syrie.

Il reste que Daech n'a rien perdu de sa capacité

d'attraction et de mobilisation. L'institut américain Soufan Group estime que le nombre de combattants a doublé l'an dernier, et l'évalue autour de vingt-sept mille au total. Après la fulgurance de ses premières conquêtes, Daech a désormais face à lui des entités nombreuses, structurées, parfaitement formées et exercées à la guerre : combattants kurdes, miliciens chiites, Hezbollah libanais et irakien, gardiens de la révolution iraniens, armées syrienne et irakienne, groupes rebelles rivaux et maintenant Forces spéciales américaines, britanniques et françaises. Tout cela commence à faire beaucoup de monde… Sa devise, «*Baqiya wa Tatamaddad*» (Tenir le terrain et croître), est mise à mal. Bien qu'aucune défaite majeure ne soit pour le moment venue saper le moral de ses combattants, le choix de se tourner vers l'attentat spectaculaire à Ankara, Beyrouth et Paris, et celui de placer une bombe à bord d'un avion de ligne russe montrent que le groupe est dans une position défensive. En portant le fer en Occident, il fait à nouveau parler de lui de façon spectaculaire. Comme pour mieux faire oublier que sur le terrain d'Irak et du *Sham* (la Syrie), aucune victoire n'est, depuis bien longtemps, à mettre au crédit des «lions du califat».

Quoi qu'il en soit, détruire Daech ne résoudra pas le problème de ce «Sunnistan» qui s'est créé entre la Syrie et l'Irak. Ni les Kurdes, ni les miliciens chiites et l'armée irakienne et encore moins l'armée syrienne n'ont la légitimité pour l'occuper sans conséquences désastreuses. La chute de l'État islamique passera par la prise en compte du pays qu'il a créé. Surtout, sa défaite ne réglera rien si on n'apporte pas de remède aux maux qui ont causé son succès initial : la déliquescence de l'État en Irak et la guerre civile syrienne.

En deux ans, Daech a fait fi des frontières, considérées comme impies. Il s'est moqué des civilisations antiques en pulvérisant au TNT les temples de Palmyre. Il s'est déployé en Lybie, créant des relais dans le Sinaï, en Afrique, en Afghanistan, jusqu'en Chine. Par ses actes, cruels ou symboliques, il a occupé nos esprits, rempli nos écrans, les pages de nos journaux, la nuit, le jour.

« Écraser », « éradiquer », « vaincre l'État islamique », nos politiques rivalisent d'imagination dans le vocabulaire belliqueux. Souvent, hélas, ceux qui aspirent à diriger notre pays sont bien en peine d'expliquer comment il faut s'y prendre. C'est le premier piège dans lequel Daech nous enferme. Il contraint nos hommes politiques à s'aventurer dans les complexités moyen-orientales où, passé Beyrouth, beaucoup perdent leur latin entre qui est sunnite, qui est chiite, qui est ami, qui est ennemi. Or on ne saurait prétendre venir à bout d'un phénomène que l'on ne comprend pas. Un peu d'humilité serait salutaire.

On entend souvent que l'islam n'a rien à voir avec le terrorisme. C'est faux. Aucun des protagonistes dont nous avons parlé dans ce livre n'agit autrement qu'en son nom. Leur vision de la religion se réfère d'ailleurs davantage au Coran de Médine qu'à celui de La Mecque. Dictée par Mahomet dans la première partie de sa vie, les sourates du Coran de la Mecque sont pacifistes et ouvertes. Celles de Médine, plus belliqueuses, ont été prononcées dans la dernière partie de sa vie. Le problème est que la version du Coran qui nous est présentée n'est rien d'autre qu'un mélange des deux textes. On passe ainsi d'un verset pacifique à un verset violent. Il est tout aussi faux d'englober tout l'islam dans ce phénomène. Pour Daech, nous l'avons souligné, la religion n'est souvent qu'un prétexte identitaire, un instrument de vengeance face à une situation politique (les déséquilibres provoqués par l'invasion américaine en Irak par exemple), ou un outil de conquête du pouvoir.

Même si l'Occident et ses alliés parviennent à tenir Daech en échec, ils s'exposent pour plusieurs années encore au redoutable pouvoir d'attraction que l'organisation a su créer au niveau mondial. La menace qu'il fait planer sur notre quotidien est bien réelle.

Les attentats de Paris en sont la preuve éclatante. Le mode opératoire était prévisible et certains, dont le juge Marc Trévidic, avaient averti l'opinion. On se rend compte pourtant que les recrues sont loin d'être les « Superman » du djihad. Ce qui rend cette menace plus redoutable encore. Elle est à la portée de n'importe qui. L'exemple qui illustre le plus, à mon sens, l'incroyable vulnérabilité dans laquelle nous vivons est celui de l'attentat raté du Thalys. 21 août 2015, un ressortissant marocain, Ayoub El-Khazzani, 25 ans, monte à bord du train Amsterdam-Paris en gare de Bruxelles. Dans un sac, il a caché un fusil d'assaut Kalachnikov, neuf chargeurs, un Luger M80 et un cutter. Il se prépare tranquillement dans les toilettes. Pour se donner du courage, il écoute un *anashid* sur son iPhone. Il ouvre la porte. « Damien », un banquier de 28 ans, l'aperçoit avec son fusil et tente de le désarmer. Il a le temps de blesser un voyageur et de tirer plusieurs coups de feu avant d'être maîtrisé par trois Américains, dont deux soldats, qui sont en vacances en Europe. On a frôlé le carnage. Après son interpellation, Ayoub El-Khazzani dément toute volonté terroriste, expliquant qu'il voulait braquer les voyageurs…

Si on observe le profil des terroristes du 13 novembre ou celui des auteurs de plusieurs attentats ratés depuis le début de l'année, on se rend compte que Daech est moins une cinquième colonne structurée, nichée au sein de nos sociétés, qu'un miroir aux alouettes pour des cas psychiatriques ou des individus en colère, prêts à n'importe quoi pour faire parler d'eux. Dans une société sous surveillance médiatique permanente, le coup d'éclat n'a pas besoin d'être bien sophistiqué, pourvu qu'il marque les esprits. La force de Daech se situe là. Elle est phénoménale, car il existe aussi une véritable culture djihadiste. Accessible en ligne, elle autorise une radicalisation sans nécessairement passer par les théâtres syrien ou irakien. Cet absolu proposé en alternative à une vie monotone et sans avenir, George Orwell en parlait déjà sans sa critique de *Mein Kampf*: « Monsieur Hitler a saisi la fausseté de l'attitude hédoniste à l'encontre de la vie, écrivait-il. Presque tous les Occidentaux depuis la dernière guerre, en tout cas les progressistes, ont assumé que l'être humain ne désirait rien d'autre que la facilité, la sécurité et le refus de la douleur. Hitler comprend que l'être humain n'aspire pas seulement au confort, à la sûreté, aux courtes heures de travail, à l'hygiène, au contrôle des naissances et en général au sens commun. Il veut aussi, au moins par moments, de la lutte et du sacrifice. »[1]

Miser sur les exclus que produisent en nombre

1. Review of *Mein Kampf* by Adolph Hitler, mars 1940.

nos sociétés, et profiter du fait que la guerre n'y est plus qu'une abstraction, c'est ce qu'a théorisé Abou Moussab Al-Souri, ce vétéran d'Al-Qaida dans son ouvrage *Appel à la résistance islamique mondiale*, et qu'à mis en pratique Abou Mohammed Al-Adnani, le chef de la propagande de l'État Islamique. « Nous n'avons pas affaire à une armée de djihadistes avec à leur tête des généraux et une stratégie, mais à des truands, la plupart d'un niveau intellectuel rudimentaire », confirme Gilles Kepel, spécialiste de l'Islam et du monde arabe contemporain[1]. La terreur est désormais à la portée d'un amateur déterminé. Son irruption brutale dans une salle de concert ou à la terrasse d'un café parisien nous laisse démunis.

Sur les terrains syrien et irakien, les conquêtes de Daech ont été facilitées par la part d'imaginaire et de fantasmes qu'engendre l'organisation. C'est un phénomène à la fois ancien dans ses manifestations et nouveau dans sa diffusion. Sa brutalité n'est pas sans rappeler celle des hordes d'Attila, les réseaux sociaux en plus. Immolations, noyades, décapitations, esclavagisme, pédophilie, meurtres d'homosexuels, d'handicapés, assassinats d'enfants, utilisation d'enfants pour commettre des assassinats,

1. Elisabeth Chavelet, « Hollande se trompe en parlant de guerre », entretien avec Gilles Kepel, *Paris Match*, 25 décembre 2015.

le pire est non seulement commis dans des proportions et des formes inimaginables, il est aussi rendu le plus visible possible. Daech provoque l'horreur en la scénarisant dans des productions hollywoodiennes dont certaines coûtent plusieurs milliers de dollars.

Cette méthode est très différente de celle de l'ancêtre Al-Qaida. Après son coup magistral le 11-Septembre où la planète entière a pu voir les Twin Towers s'effondrer en direct, Al-Qaida a opté pour des attentats de masse, plongeant les rues de Londres ou de Madrid dans un cauchemar que l'on croyait absolu. Traquée puis repoussée dans ces derniers fiefs lointains, elle a perdu peu à peu sa capacité d'attraction.

L'utilisation de l'horreur par l'État islamique est aussi très différente de tout ce qu'on a pu connaître auparavant. Jusqu'ici, tous avaient dans l'idée de dissimuler leurs forfaits aux yeux du monde. Ainsi chez les nazis, même les *Einsatzgruppen*, ces commandos de la mort qui éliminaient juifs et opposants à l'Est, avaient le souci de camoufler leur crime. En 1940, le NKVD de Staline a utilisé les profondeurs de la forêt de Katyn pour faire disparaître l'élite militaire polonaise, et il a fallu attendre 1989, soit un an avant la chute de l'URSS, pour que celle-ci reconnaisse son implication. Plus récemment, à Srebrenica, les Serbes ont enfoui leurs victimes bosniaques. Les sortir de terre a nécessité le travail méticuleux d'enquêteurs. Les seigneurs de guerre afghans ont truffé leur pays de fosses communes. Avec Daech, tout est là, devant soi, à portée de clic.

Table

Du même auteur

Les mystères d'Oradour
Michel Lafon, 2014

David Petraeus
Erick Bonnier, 2013

L'Irak n'existe plus
Éditions du Toucan, 2008

Les Damnés du Prestige
JC Lattès, 2003

RÉALISATION : PAO ÉDITIONS DU SEUIL
IMPRESSION : CPI FRANCE
DÉPÔT LÉGAL : MARS 2016. N°131488 (133378)
IMPRIMÉ EN FRANCE